문학과지성 시인선 393

오늘 아침 단어

유희경 시집

문학과지성사

문학과지성사에서 펴낸 유희경의 시집

우리에게 잠시 신이었던(2018)

문학과지성 시인선 393

오늘 아침 단어

초판 1쇄 발행 2011년 6월 6일
초판 17쇄 발행 2024년 11월 22일

지 은 이 유희경
펴 낸 이 이광호
펴 낸 곳 ㈜文學과知性社
등록번호 제1993-000098호
주   소 04034 서울 마포구 잔다리로7길 18(서교동 377-20)
전   화 02)338-7224
팩   스 02)323-4180(편집) 02)338-7221(영업)
전자우편 moonji@moonji.com
홈페이지 www.moonji.com

ⓒ 유희경, 2011. Printed in Seoul, Korea

ISBN 978-89-320-1980-2 03810

지은이는 2009년 한국문화예술위원회가 지원한 창작지원금을 수혜했습니다.

문학과지성 시인선 393

오늘 아침 단어

유희경

2011

나의 어머님께

오늘 아침 단어

차례

시인의 말

I

꿈속에서

잠든 것들이 거리로 나갔다
긴 소매들은 소매를 접었다

입김이 남아 있는 창문
불이 꺼지지 않는 들판
날아오르는 바람과
걸어다니는 발자국들

가슴만 한 신음을 낳고
누군가 밤새 울었다

부드럽게 안아주었다
안겨 있는 나를 보았다
하얗게 빛이 났다
나머지는 어두웠으므로

비명 같은 내가
빈 종이 되었다

티셔츠에 목을 넣을 때 생각한다

1

티셔츠에 목을 넣을 때 생각한다
이 안은 비좁고 나는 당신을 모른다
식탁 위에 고지서가 몇 장 놓여 있다
어머니는 자신의 뒷모습을 설거지하고
벽 한쪽에는 내가 장식되어 있다
플라타너스 잎맥이 쪼그라드는 아침
나는 나로부터 날카롭다 서너 토막 나는
이런 것을 너덜거린다고 말할 수 있을까

2

티셔츠에 목을 넣을 때 생각한다
면도를 하다가 그제 벤 자리를 또 베였고
아무리 닦아도 몸에선 털이 자란다
타일은 오래되면 사람의 색을 닮는구나

베란다에 앉아 담배를 피우는 삼촌은
두꺼운 국어사전을 닮았다
얇은 페이지가 빠르게 넘어간다
뒷문이 지워졌다 당신, 찾아올 곳이 없다

   3

티셔츠에 목을 넣을 때 생각한다
간밤 당신 꿈을 꾼 덕분에
가슴 바깥으로 비죽이 간판이 하나 걸린다
때 절은 마룻바닥에선 못이 녹슨 머리를 박는 소리
당신을 한 벌의 수저와 묻는다
내가 토닥토닥 두들기는, 춥지 않은 무덤
먼지의 뒤꿈치들, 사각거린다

K

창가에 서 있던 사람은 K다. 그는 나와 눈이 마주
쳤음에도, 물러서거나 시선을 피할 생각이 없어 보였
다. 창밖에는 바람이 앞에서 뒤로, 쓰러질 것처럼 불
고 있었다.

쏟아지는 것을 간신히 붙잡고 있었던 나는 백발의
K가 부러웠던 것 같다. 나에게는 그 시간이 아득했기
때문이다. 지난 햇빛이 타오른다. 불타버린 것은 두
번 다시 나타날 수 없다. 그래서 K의 회색 눈빛을 훔
치고 싶어 했다고 치자. 나는 그때를 떠올릴 수 없고,
상상해내는 것도 힘들기 때문이다. 그건 창문 같은
것이고 잘 닦아놓은 하얀 창틀 같은 것이다.

그때는 갈색 종이봉투의 질감과 구겨지는 소리. 그
안에서 풍겨 나오던 싸구려 음식의 냄새. 나는 그 종
이봉투를 들고. 가는눈을 뜨고. 어둠이 짙어오고. 탄
내가 날 것 같은 자정이. 호객꾼들 거리를 뒤덮고 간
판들이 가장 환해지는 그때. K가 무슨 생각을 했는지

알 수 없다. 그게 나를 미치게 만든다.

  K는 꿈을 꾸고 있는 것이고 그건 내가 K를 생각하
는 태도이기도 하다. 상상할 수 있는 모든 반응의 바
깥에 서 있는 것. 나를 데려간, 가장 가벼운 무게의,
자리. 그는 수천의 나비가 만들어낸 사람이다. 그러
므로. 여전히 날개다. 날개들 쌓여 달아오르는 열이
다. K가 사라진 자리에 온도만 남아, 타오른다. 그때
불타버린 K는 다시, 그 자리에 설 수 없이. 흔들리는
K는 K가 아닌 바로 그 K가

한편

눈물이 울고 눈은 울지 않는다
나보다 먼저 소요가 일어났다
떨고 있다 떠는 것이 있다
내게 고인 것들이 불쌍하지만,
어차피 위선 아니면 위악
용서받을 것이 아니다
경계가 경계를 경계하고
숫자를 세는 일은 지겹지 않다
끝나지 않으면 잃어버린 거지
그런 건 찾지 않는 게 좋다
먼 외국의 일은 잊어도 할 수 없다
힘은 무겁다 이름은 가깝고,
누구나 너무 자주 생각한다
세계는 생각의 덩어리진 형태
생활은 오쟁이 진 모습 그대로
흑백의 거리가 어둑어둑해진다
비극에는 용기가 필요하다
나는 결론의 집에서 산다

소년 이반

아침 일찍 일어난 이반에게 부엌은 바람 없는 대나무 숲처럼 고요했다 아버지, 두고 간 얼굴을 주웠을 때 그것은 떨어뜨린 면도칼처럼 차가웠다

날이 저물고 있었다 이반은 귀를 발견했다 늦은 밤 놀이터 구석진 벤치에 앉아 귀를 기울였다 자기 울음소리를 끝없이 듣고 있었다

매일 아침, 울음이 매달린 이반의 귀는 출근하는 동생 등에서 소리를 들었다 무언가 반짝이는 것이 반짝이는 듯한

이반은 수염을 깎았다 어머니는 너른 억새 숲이 되었고 이반은 그 발밑에서 늪이 되었다 그것 말고는 부석거리는 어머니를 설명할 길이 없었다

시간이 지날수록 귀에는 낡고 흔한 울음이, 알 수 없는 애를 쓰며 매달려 있었다 이반은 그러한 자신의 귀가 한없이 자랑스러워서

어떤 연대기

우리는 어떤 연대기를 생각하고 그 위로 밤이 내린다 한 사내가 그 밤을 다 맞으며 걸어간다 그의 등에선 해묵은 종이의 냄새가 난다 그는 한 집 앞에 서서 손잡이를 돌려 당긴다 그는 어깨를 털고 집으로 들어간다 그뿐이다 그가 없는 거리는 텅 빈다 그가 걸어온 흔적이 지워진다 없으므로 이따금 죽은 사람들이 지나간다 잠시 고요하다

이 연대기에는 가구의 흔적이 있다 우리는 잠시 일어났다가 앉는다 하얗게 변한 길이 무겁기 때문이다 무거운 것을 볼 때면 대개의 사람들이 그러하듯, 어지러운 까닭이다

하나둘 불이 켜지는 시간이 되면 창문에 그려진 사내의 삶은 숨겨둔 술을 꺼낸다 그에게는 손을 떠는 습관이 있다 그러므로 우리는 그와 이 연대기를 기다려야 한다 언제나 그러하듯 슬픔은 완성되지 못한 채 낡아가는 집 같아서 사내는 붉어진 얼굴을 견디고 젖

은 어둠이 흘러들어온다 어둠이 곧 촛불을 끌 것이다
한숨에도 흔들리는 사람이란 그런 것이다 그는 잠들
지 못한다 그리고 우리는 이 연대기의 한 장을 찢어
내야 한다 밤은 언제나 찾아오므로 그가 꾼 꿈을 들
춰볼 자격이 우리에겐 없으므로

珉

　옆에 선 여자아이에게 몰래, 아는 이름을 붙인다
깐깐해 보이는 스타킹을 신은 아이의 얼굴을 나는 보
지 못하였다 긴 소매 아래로 드러난 손끝이 하얗고
가지런하다 버스가 기울 때마다 비스듬히 어깨에 닿
곤 하는 기척을 이처럼 사랑해도 될는지 창밖은 때
이른 추위로 도무지 깜깜하고 이 늦은 시간에 어디를
다녀오는 것일까 그 애에게 붙여준 이름은 珉이다 아
무리 애를 써봐도 아득한 오후만 떠오르고 이름의 주
인은 생각나지 않는다

당신의 자리

나는 당신의 왼쪽과 오른쪽에 있는 사람이다 왼쪽
에서 오른쪽으로 도는 사람이다 당신 발밑으로 가라
앉는 사람이 있다면, 나는 그런 사람이다 당신이 눈
감으면 사라지는 그런 이름이다 내리던 비가 사라지
고 나는 점점 커다란 소실점 복도가 조금씩 차가워진
다 거기 당신이 서 있다 당신이 소중하게 생각하던
그것은 모르는 얼굴이다 가시만 남은 숨소리가 있다
오직 한 색만 있다 나는 그 색을 사랑했다 당신은 내
오른쪽의 사람이다 오른쪽에서 왼쪽으로 도는 사람이
다 내 머리 위에 흔들리는 이가 있다면 바로 당신이
다 당신은 그토록 나를 지우는 사람이다

深情

*

나를 물속으로 던졌다
물은 우리의 착각일지도 모른다
나는 물속으로 들어가지 않았을지도 모른다
물속은 무겁게 흘러가버리고
나는 다시 맨바닥에 남겨졌을지도 모른다

*

비밀은 비밀이어야 한다고
나는 돌멩이처럼 말했다
내 말이 굴러가는 소리,
물이 흔들리는 소리

*

나는 물 아래로 흘러갔다
그때 나는 얼굴이 없었다
얼굴이 없어 눈물도 없었다
표정은 우리의 오해일지도 모른다

내가 점점 멀어져갔을지도 모른다

  *

입을 첨벙거리는 물결이
멀리서부터 가깝게 다가왔다
소리를 참아내는 소리
사람이 무게를 견뎌내는 소리

  *

나는 물속에 앉아 있었다
파쇄된 리듬처럼 굳어버렸다
아무것도 움직이지 않았다
움직일 수 있는 것이 없었다
번질 수 있는 것이 남지 않았다

내일, 내일

둘이서 마주 앉아, 잘못 배달된 도시락처럼 말없이, 서로의 눈썹을 향하여 손가락을, 이마를, 흐트러져 뚜렷해지지 않는 그림자를, 나란히 놓아둔 채 흐르는

우리는 빗방울만큼 떨어져 있다 오른뺨에 왼손을 대고 싶어져 마음은 무럭무럭 자라난다 둘이 앉아 있는 사정이 창문에 어려 있다 떠올라 가라앉지 않는, 生前의 감정 이런 일은 헐거운 장갑 같아서 나는 사랑하고 당신은 말이 없다

더 갈 수 없는 오늘을 편하게 생각해본 적 없다 손끝으로 당신을 둘러싼 것들만 더듬는다 말을 하기 직전의 입술은 다룰 줄 모르는 악기 같은 것 마주 앉은 당신에게 풀려나간, 돌아오지 않는 고요를 쥐여 주고 싶어서

불가능한 거리는 아무 말도 하지 않는다 당신이 뒤를 돌아볼 때까지 그 뒤를 뒤에서 볼 때까지

낱장의 시간들

　한낮의 태양이 가득했다 산책이 시작되었다 너는 저음의 걸음을 이끌고 그곳까지 걸어갔을 것이다 고개 숙인 잎사귀들 중 하나가 너를 향해 떨어졌을 것이다 너는 진심으로 목이 말랐을 것이다 노래처럼, 너는 잘못되었다 아무도 없었으므로 단정할 수는 없지만 그곳은 네가 찾아갈 곳이 아니었을 것이다 7월을 흐르는 바람은 잔인하다 어떤 것들은 그냥 떠내려오기도 한다 너는 선량한 의지를 벗어버리고 야윈 두 팔을 드러내었을 것이다 눈물을 참는 얼굴처럼 멈춘 채 흔들리는 두 팔을, 내버려두었을 것이다 그때 너는 어떤 생각을 했던 것일까 사막,이라고 적을 수밖에 없는 깊은 밤의 처지를 생각했을 수도 있다 거리의 대부분이 자취를 감췄을 때도 너는 걷고 있었다고 확신한다 어떤 영혼도 버틸 수 없는 사람은 대개 그러하다 묻을 것이 남아 있지 않은 사람은 그런 법이다 그날 밤은 떠올리지 않는 것이 더 좋았을 것이다 낱장의 시간들이 날려 오고 손끝의 힘이 풀려나갈 때 오후의 개가 너를 따라온다 너는 개의 미간을 쓰다듬고, 목덜미를 쥐어준 다음 개가 이끄는 시간을 따라 걸어 내려갔을 것이다 언덕 아래엔 푸른 바다가 있다고 들었는지도 모른다 이따금 돌아보는 개에게 너는 어떤 표정을 지어야 했을까 그런 것은 아무도 가르쳐주지 않는다 너의 헐벗은 두 팔이 검게 타오르도록 내버려두고 너는 나타나지 않을지도 모르는 바다의 냄새를 맡았는지도 모른다 파도의 소리가 멀리 들렸고 그때 너는 잠시 태양 쪽을 올려다봤는지도 모른다 세상이 검게 변하는 순간에 아무것도 없고 너만 있고 멀리 오후의 개가 짖는 소리 정말 버리고 떠난 것일까 지금도 확신할 수 없다 너는 언덕을 따라 내려갔고 잠시 뒤를 돌아보는 척했지만 그뿐 그 뒤로 영영 돌아오지 않았을지도 모른다 신발 한 짝을 물고 돌아온 개가 한 마리 있었지만, 그 개가 오후의 개였는지 그보다는 좀더 검은 개였는지 그것도 알 수 없다 지금은 그저 假定의 시간 이제 사람들은 창문의 한 귀퉁이를 발견할 것이다 언제 묻었는지 모를 붉고 선연한 자국이 사람의 모습 같아서 그들은 한동안 소곤댈

것이다 누군가는 시간과 함께 몰래 기록해둘 그 소문
속 이야기를

금요일

검은 옷의 사람들 밀려 나온다. 볼펜을 쥔 손으로
나는 무력하다. 순간들 박히는 이 거룩함. 점점 어두
워지는 손끝으로 더듬는 글자들, 날아오르네. 어둠은
깊어가고 우리가 밤이라고 읽는 것들이 빛나갈 때.
어디로 갔는지. 그러므로 이제 누구도 믿지 않는다.

거기 가장 불행한 표정이여. 여기는 네가 실패한
것들로 가득하구나. 나는 구겨진 종이처럼 점점 더
비좁아지고. 책상 위로 몰려나온 그들이 사라진 지는
이미 오래. 그러니 불운은 얼마나 가볍고 단단한지.
지금은 내가 나를 우는 시간. 손이 손을 만지고 눈이
눈을 만지고, 가슴과 등이 스스로 안아버리려는 그때.

버린 말

　버린 말 위에는 이파리 돋아나 흔들리고 꽃을 찾아
내 피워 올리다가 지나가는 사람의 아래, 툭 던지기
도 하다 바람이 불고 피가 놀고 거리에 찾아가 한없
이 등지고 서 있다가 문득 돌아서는 버린 말 위에는
친구가 찾아오기도 하다 엿보는 사람들이 있고 애써
뒤적이는 사람들도 있고 좁은 길목으로 들어서고 그
림자를 날름대기도 하는 그럴 땐 몰래 아프기도 하다
아니오와 예 사이를 끈기 있게 망설이는 사람이 있으
면 어깨를 툭 치고 직장으로 돌아가는 사무원처럼 춥
기만 하기도 하다 꿈이 너무 많은 아이처럼 복도를
지나가며 어떤 소리를, 추억을 불러일으킬 괴음을,
그렇지만 쓸모없지만은 않은, 그런 소리를 흉내 내는
것이 있고 애써 모른 척하기에는 너무 나이가 들지
않았는지 망설이는 버린 말은 인파를 향해 나 있는
테라스에도 앉아 있는 것이다

驛

그곳은 낡은 사람들의 통로. 그들은 다 해진 다리
를 이끌고 계단을 오른다.

기차가 정시에 도착한 적은 한 번도 없다. 그러므
로 이곳에서 시계는 열차 시간표만큼이나 쓸모없다.

이른 아침에 출발한 이들은 저녁이 지나 돌아온다.
이따금 늦은 밤에 도착하는 이들은 더욱 너덜거리며
걷는다.

통로는, 한 사내의 죽음을 기억하고 있다. 그의 死
因은 겨울이었다. 그가 얼어붙은 땅에 묻혔을 때, 그
의 아내는 슬프게 울었다. 막 도착하려는 기차처럼.

기억은 기억에 불과하다. 무언가가 떠올랐을 때 쓰
기를 망설이는 나처럼, 역은 움직이지 않는다. 아니,
역은 기차가 출발할 때마다 조금 흔들리고 서서히 곧,
점점 빠르게, 사라진다.

23시 24분. 도시로부터 또 한 대의 기차가 도착하려 한다. 내리려는 사람은 아직 보이지 않고, 타려는 이는 없다.

우산의 고향

창밖은 얇고 무서운 계절
사내들, 언어를 안고 걸어간다
빗속을 나는 새에 대해 들어본 적 없지만
방금, 공중을 지나는 것이 있었다

꽉 쥔 주먹이 하얗게 돋는다 나는
빈자리마다 앉아 있다 그곳에도 나는 있고
놀란 표정이 잠든 얼굴들, 떠내려간다

그것은 새였을지도 모른다
사내들 흘린 것을 줍기 위해 돌아서고
젖어가는 코르덴 바지는 슬프다

우산은 그렇게 태어난다 우리는
젖은 채 태어나고 젖으려고 사는 것들
답 없는 질문처럼 꼭 그렇게

지금은 우산의 색을 떠올릴 시간

얌전히 들어서는 어둡고 익숙한,
곁에 머물고 이따금 스치던 손의 차가움,

아무도 울지 않는 이런 날엔 또 모두가 울고
날아간 것은 새들의 아득한 꿈이었을지도
젖어가는 것은 속속들이 빗물이었을지도

들립니까

들립니까, 들립니까, 내 말이.
심장이 망막에 그리는 모습,
손을 보내준다 했을 때,
먼 손이라니, 웃고 말았는데,
믿기 시작한, 그물 같은 눈의 암흑,
어둡습니까, 어두워지나요 내 말이?
지금은 빛남에 대해 말하는 시간
눈을 벗고 누웠을 때, 너무 환한 빛은
그만큼의 그림자를 데려온다는 것을
알게 되었죠. 그것만은 아니겠지만,
무섭나요, 무섭습니까, 내 말이.
먼 손이 찾아올 때는 주먹을 꼭 쥐라고
오지도 않을 거면서, 감지 못할 눈이
흔들려 떨어뜨리는 어떤 포기,
다시, 만져보는 느린 감촉
내 것이 아닐 거라고 중얼거리는
울고 있나요, 우나요, 내 말이.
두 손이, 멀리서 올 두 손에 덮여

점점 멀어지고 있는 아득함 너머
보이나요. 보이나요. 내 말이.
아니오, 아니오, 그렇지 않습니다 하고
내가 내 말을 울고 있어요 모르게.

심었다던 작약

네가 심었다던 작약이 밤을 타고 굼실거리며 피어나, 그게 언제 피는 꽃인지도 모르면서 이제 여름이라 생각하고, 네게 마당이 있는지 없는지도 모르면서 그게 아니면, 화분에다 심었는지 그 화분이 어떻게 허연빛을 떨어뜨리는지 아는 것도 없으면서 네가 심은 작약이 어둠을 끌고 와 발아래서 머리 쪽으로 다시 코로 숨으로 번지며 입에서 피어나고, 둥근 것들은 왜 그리 환한지 그게 아니면 지금을 어떻게 설명해야 하는지 가르쳐주지도 않으면서, 봄은 이렇게 지나고 다시 여름이구나 몸을 벽에 붙여보는 것이다 그러니 작약이라니 나는 그게 어떻게 생긴 꽃인지도 모르고 나도 아니고 너는 더구나 아닌 그 식물의 이름이 둥그렇게 떠올라 나는 네가 심었다는 그것이 몹시 궁금하고 또 그런 작약이 마냥 지겨운 건 무슨 까닭인지 심고 두 손을 소리 내어 털었을 네가, 그 꽃이, 심었다던 작약이 징그럽게 피어

궤적

나와 다른 한 명이 나무 의자에 앉아 있었다. 거대한 구름이 밀려오고 있었다. 조금도 꾸미지 않고 천천히 분리되며. 그래 구름이. 멀리에도 구름이 있었다. 두 명은 나무 의자에 앉아서 구름을 보았다.

구름들은 천천히, 그리고 천천히. 어디를 향하고 있는지 도저히 가늠할 수 없는 속도. 저쪽으로. 그냥 저쪽으로 미끄러졌다. 두 명은 각각 무슨 말을 했는데 중요한 건 아니었다. 어쩌면 구름은. 그냥 보이는 것이고. 그저 나는 풀썩, 구름 위에 앉고 싶어 하는 어떤 한 사람을 생각하고 있었는데. 그러니까 자꾸 풀썩, 풀썩, 하는 소리가 그치지 않았다

밤이 왔다. 나와 다른 한 명은 더 이상 나무 의자에 앉아 있지 않았다. 구름은 조금만 보였다. 나는 그것도 좋았다. 다른 한 사람은 어땠는지, 지금은 알 수 없다.

지워지는 地圖

저녁이 되면 스스로 사막이 되는 방법을 연구한다
더 빨리 늙기 위해 천천히 걷고 뒤로 걷다, 갑자기 돌
아서서 잊으려 했던 사람을 떠올리는, 조금 시큰한

지도는 조금씩 자라는 동물 같은 것이다 봉투를 뜯
는 내 건조한 경력을 생각한다 아버지란 기호에선 캐
치볼이 떠오르지만,

어느새 나와 아버지 사이 넓게 자리 잡은 이만 헥
타르쯤의 운동장 이따금, 몰래 알약 반 개 같은 씨앗
을 심지만 자라는 것은, 없다

방금 불어온 바람을 등지고 어리고 슬픈 내가 공을
주우러 뛰어간다 당신은 누구인가 이 글러브는 누구
의 가죽이고 날아가는 것을 보면 왜 소리를 지르고
싶어지는가

계집애가, 오빠를 쫓다 터뜨리는 울음을 빙그르르

돌리는 저녁이다 더는 돌릴 수 없을 때까지 숨을 참
는, 어쩌면 생활의 무늬란 그런 것이지 꼭 다문 입술
의 주름 같은 것

　그러나 죽은 사람은 아무것도 날리지 않는다 단단
하게 여물어 열리지 않는 길의 가슴을 열기 위해 새
빨간 태양이 넘어간다 잡기 위해 전력 질주하는 법
따위는 지운 지 오래

이웃 사람

공터의 나뭇가지들이, 짙게 굳어가는 여름이었다

겨울이었을 수도 있다 그런 것은 중요하지 않다

굳은 빵처럼 뜨거운 볕 아래 서 있던 그를 어떤 각
오 같은 것,으로 기억한다

그는 앙상한 옷걸이 하나만 들고 이사를 왔다

그날의 태양은 기묘한 각도로 구부러졌고 그는 벗
은 외투처럼 조금씩 흔들리고 있었다

나는 치아처럼 단단한 그의 집 철문을 두드리고 묻
는다 누구시죠? 옆집 사람입니다 혹시 양초를 한 자
루 빌릴 수 있을까요 여기엔 아무것도 없습니다 문고
리 속의 그는 더는 말이 없다 어둠 속에 서서 하얗게
질린 문을 응시할 뿐

그가 이사 온 다음 날부터 나는 점점 말라간다

어떤 새벽에는 그의 집에서 긴 휘파람 소리가 들린
다 나는 잠에서 깨어 내 이웃이 기르는 애완동물을
생각하며 서먹한 이불 속으로 점점 더 작게 웅크린다

40

그런 날 꿈에는 여지없이 그림자가, 조금 조금씩 흔들리고,

　그는, 공터 구석에 옷걸이를 버려두고 떠났다
　나는 그의 뒷모습을 오해 같은 것,이라고 기억한다
　이따금, 갓 뜯어낸 담뱃갑 비닐처럼 서서, 그 옷걸이에 그림자를 걸어두며 생각한다 이웃이란 왜 그렇게 헐거운 것인가 비좁고 어두운 복도인가
　나는 옷걸이에 늘어진 그림자처럼 천천히 흔들린다

오늘의 바깥

서점에는 성기처럼 뭉툭한 아이가 앉아 있었다 사
다리 위로 올라간 직원의 얇은 블라우스 속으로 살이
내비쳤다 끝이 보이지 않는 날갯죽지처럼

기억은 기억이 괴롭힌다 치마 아래 하얗게 일어난
보풀 같은 사람 뜯어낼수록 점점 더 많아지다가 버려
지는

어떤 때는 돈 세는 소리를 닮는다 점점 쌓여 올라
가는 높이 누구나 그런 언덕을 가지고 있다 서로의 변
덕스러운 높이를 외우는 것이 하루 일의 전부 그리고

새벽에 들은 매미 소리를 펴서 읽다가 날개와 등
사이 벌어진 틈으로 운다 사람의 옆에 붙어서 비집고
들어가 보면 없고 그럴 때면 나는 분주하게 나를 찾고

밤이 되면 누구나 혼자 눕는다 이 익숙한 일을 해
내기 위해 아침이면 길고 가는 선이 놓이고 하지만

그렇게 장담할 수 있는 사람은 아무도 없다 이윽고
모든 것이 깜깜해지면

　바깥이란 얼마나 흐릿한 것인가 오늘,처럼 쓰기 쉬
운 단어가 또 있는가 누군가의 냄새, 누군가의 감촉,
누군가가 놓고 내린 체온 이 우스운 일들을 얼마나
반복해 뒤집어야 하는지

너가 오면

그렇게, 네가 있구나 하면 나는 빨래를 털어 널고 담배를 피우다 말고 이불 구석구석을 살펴본 그대로 나는 앉아 있고 종일 기우는 해를 따라서 조금씩 고개를 틀고 틀다가 가만히 귀를 기울여 오는 방향으로 발꿈치를 들기도 하고 두 팔을 살짝 들었다가 놓는 너가 아니 너와 비슷한 모양으로라도 오면 나는 펼쳤다가 내려놓는 형편없는 독서 그때 나는 어떤 손짓으로 어떻게 웃어야 슬퍼야 가장 예쁠까 생각하고 그렇게 나, 나, 나를 날개처럼 접어놓는 너 너 너의 짓들 너머로 어깨가 쏟아질 듯 멈춰놓는 모습 그대로 아니 그대로, 멈춰서 멈추길 멈췄으면 다시처럼 떠올려 무수히 많은 다시 다시와 같이 나를 놓고 앉아 있었으면 나를 눕히고 누웠으면 그렇게 가만히 엿보고 만지고 아무것도 없는 세계의 밋밋한 한 곳을 가리키듯 막막함이 그려져 손으로 따라 걸어 들어가면 그대로 너를 걸어갈 수 있을 것만 같아서 조금 알 수 있을 것 같아서 숨이 타오름이 재가 된 질식이 딱딱하게 그저 딱딱하게만 느껴지는 그건 너가 아니고 기실, 나는 네 눈 뒤에 서 있어서 도저히 보이질 않는 너라는 미로를 폭우 쏟아져 내리는 오후처럼 기다려 이를 깨물고 하얗게 질릴 때까지 꽉 물고 어떻게든 그러므로, 너로부터 기어이 너가 오고

화가의 방

그 책장 가장 어둔 구석에 꽂혀 있는 책은 아무도 읽은 적 없는 한 화가의 생애 그는 한 칸의 방을 그리기 위해 일생을 걸었고 완성하지 못한 그림은 다음과 같이 요약된다

어둡고 비좁은 골목을 따라 내려가는 사람은 자신의 방 안을 생각한다 의심할 수 없는 것이 있다면 그것은 불꽃 그 속에는 빈 어머니와 빈 동생들과 빈 뒷모습 빈 그림자 빈 원망이 흔들린다 어디서 무거운 소리가 들리고 도저히 올 것 같지 않던 시커먼 시간이 찾아온다 누가 생의 무게를 재어보는가

나는 내 방 구석 책장으로 걸어가 한 권의 책을 꽂아 넣으려다, 창문으로 들어오는 조각난 햇빛을 보고 있다 또한 화가가 그리지 못한 그 방은 스스로 얻은 무채색의 두려움을 삼키고, 좀더 어두운 곳에 숨을 것이다

46

II

코트 속 아버지

지갑을 잃어버리고 난 다음에야, 나는 코트 속 아버지를 발견한다 그는 길고 가느다란 담배를 물고 있었다 젖은 발처럼 내 코트 속 아버지 어떻게 해야 우리는 낯섦을 이해할 수 있는 것일까 나는 빈 주머니에 손을 넣고 아버지를 돌아본다 어둠 속에서 새들이 날아오른다 나는 분명히 보았다 그 흐릿한 자국들 코트 속 아버지는 아직도 춥고 나는 망설인다 아버지 왜 그러냐 좋으세요 좋을 리 없지 않겠니 그런데 왜 그러셨어요 그 질문은 내가 해야지 나는 사라져가는 방향을 향해 고개를 들었다 가로등과 가로수 사이 잎들이 흔들렸다 하지만 우리는 아직도 싸워야 하는군요 같은 코트 속에서도

오늘은

오늘은, 날이 참 좋구나,라는 말씀이 있었다. 나는
어쩔 줄 몰랐다. 그런 날도 있어야 하지 않겠니, 아니
그게 아니라…… 오늘은 하늘이 참 파랗구나. 거실
은 어두웠다.

아플 때마다 그늘이 생각나 바람이 불면 휘우듬 기
울어지는 그녀. 어릴 땐 울지 못하고 다 커서 우는 게
뭘까. 개구리? 아니 사람. 사람이? 그래 사람이, 그
렇게 살아. 거짓말. 너는 몰라. 내가 뭘 모르는데. 좀
더 어른이 되면 알 수 있어. 꼭 침대에 누워 있는 엄
마처럼, 말하는구나. 그늘을 내내 앓는 창문

컵에 물을 따르는데, 내가 울고 있어서 깜짝 놀랐
다. 좀더 어두워진 거실에서. 잠깐만, 너는 내가 아니
니? 하고 물었다. 컵에선 물이 넘쳐흐르고, 나는 울
고, 대답하지 않는다. 어둑어둑해진 거실에, 너무 많
은 햇빛처럼. 그치지 못해? 컵을 집어던졌다. 깨진
것은 컵이 아니라 다 담지 못한 물. 나는 너무 슬퍼서
더, 좀더

그러니 가말 수밖에. 너무 많은 답장처럼 추워, 몸을 떨었다. 누가 있는 걸까. 복도를 텅텅 울리며 지나간다. 모든 것이 비뚤어진다. 말씀은 더는 아무 말씀도 하지 않았다. 날은 이미 너무 좋았다. 아이들이 떠드는 소리가 들렸다. 휘어졌던 그늘은 이제 보이지 않았다. 그랬다고, 나는 속으로

그래도 될까, 그제야 울음을 그친 내가 묻는다. 어깨에 손을 올리는 일은 언제나 어렵다. 울다가 웃으면 큰일난다. 어깨에 손을 올리려고 노력하는 내가 말했다. 조각조각난 물방울이 어두운 거실을 채워간다. 나는 흔하고, 어디든 있고, 그러니 내가 혼자서 울고 있는 것도 나쁘지는 않아, 더듬대며 말하는 소리

그냥, 거실이, 사람이, 그러니까 내가, 오늘이, 참 좋은 오늘의 날씨가, 말씀이, 그녀의 병과 내가, 누군가의 복도가 마냥 어둡고 축축한 아니 서럽고 또 흘리고

11월 4일

    남자가 펜을 빌린 건 유독 어두운 밤의 일이다 그는, 들고 있던 서류 봉투 뒷면에 무언가를 적어 넣었다 늦은 밤 가로등처럼 우리는 몇 번 눈이 마주치기도 했으나

    어디로 가는 중입니까 펜을 돌려주며 그가 물었다 어딜 가든 늦은 시간이군요 나는 대답하지 않았고 막차를 기다리는 사람들은 한곳을 바라보고 있었다 몸을 감추려는 것처럼 아니 빨려 들어가려는 듯이 대개의 밤이 그러하듯

    그는 서류 봉투를 내밀었다 주습니다 어딘지는 모르겠어요 느닷없이 떠올랐죠 어쩌면 가보지 못한 本籍 같은 것일 수도 있겠지요 나는 웃옷을 추슬렀다 가본 적이 없다고요? 글쎄요 가보았을 수도 있겠습니다 그러나, 기억이 나질 않아요

    나는 어떤 냄새를 맡았지만, 그게 어디로부터 오는

것인지 알 수 없었다 버스가 도착했을 때 정류장에는 그만이 남아 있었다 꺼내둔 손처럼 딱딱하게 밤을 뒤로한 채 고개를 조금 기울이고

　그때, 그 얼굴이 조금 낯익다고 생각했다 그러나 그뿐 많은 일들이 그러하듯 버스가 출발했을 때 나는 대부분의 일들을 잊었다 다만 서류 봉투의 뒷면만이 잠시 떠올랐을 뿐이다 그곳은 골목이 참 많은 동네였다 가본 적이 없는 그곳의 이름은 이제 기억이 나질 않는다

그만 아는 이야기

　　그가 소파에 앉는다 빛이 다 되었다 창밖이 어두워
진다 잠시 틈을 두고 거실도

　　어두워지자, 초침이 움직인다, 옆집에, 사람이 산
다, 벽이 있고, 걸린 그림에, 눈이 쌓인다, 양말이,
와이셔츠가, 조금 벌어진 입속 치아가, 하얗다 그는,
움직이지 않지만 조금씩, 움직이고 있다 그가 한 말
이, 헤어진 애인의 손끝이, 목소리가 떠오를 때, 그럴
때마다

　　더욱 까매진 소파에서 그는, 짙은 흔적 유리창 너
머, 언제나 새삼스럽고 늘 같은 자리에, 별이 도드라
진다 멀어지는 우주에서 어쩌면 그는, 울고 싶은 것
이다 그러나 눈물이 나오지 않는 것일지도 스스로 한
방울이 되어가는 중일지도

폭설

하얀 눈길 위로 간신히 늙은 사람들 걸어간다 초초
해지는 이 밤에 나는 곱창을 구우며 한 사내의 첫사
랑과 밤을 새워 그가 썼던 한 통의 편지를 읽는다 그
는 한때를 글썽이고 도축된 기억 위로 수증기가 자욱
하기만 하다

믿을 수 없겠지만, 나는 기침을 뱉으며 언 손으로
쥔 게이름을 생각한다 비스듬한 지금, 나는 이 모든
것이 노래 같다 바깥은 여전히 청춘의 겨울이 쏟아낸
삼킨 것들

하얗다 아직의 시간 속으로 우리라는 초췌한 이름
눈 덮인 오늘 밤은 거대한 동굴 같기만 하다 침묵을
지키고 뜨거워지는 낮을 대하자니, 문득, 눈이 쌓인
다음 날에 내가 아프다

어쩔 수 없는 일

사내들 노래를 부른다
서로의 이름을 핥으며
서로의 손등을 마신다
넘쳐나는 것들에 비해
문은 턱없이 작지만
그게 무엇인지 알 수 있다

사내들은 취해간다
그들의 눈빛 아래로
화장한 여자가 지나간다
상냥한 것은 없다
잊힌 그 밤과 꼭 닮은 밤

집에는 그들의 아내가
잊어버린 것들과
잃어버린 것들로
퍼즐을 맞출 것이다 그러나
어쩔 수 없는 일이다

모두가 이제 잠들 사람들

노래는 끝나고 그들이 떠난 뒤
술집은 단단히 문을 잠글 테지만
끝은 끝내 알 수 없는 것

아직 아무도 떠나지 않았다
흐리다 그리고 어쩔 수 없이
절반의 밤, 흥건히 잠에 빠질 밤이다

손의 전부

눈이 내리던 날 흔들리는
막차에 놓여 흔들리던 내 손이
죽어가고 있었다 젖은 코트처럼
어둡고 두꺼워 더는
움직이지 못하는 그것은

봄이었고 여름이었던
분명한 한때,
누구에게나 있었던, 한 번쯤은
모든 것이 내 것이었던
그때
바람이었다가 물 흐르는 소리처럼
어루만지고 이따금 꽉 쥐었던,
사람의 적막

사라져버려 더는 내 것이지 않은
온도,라고 쓴 적이 있었다 결국
내게는 창백한 것들이 사랑이다

내 손이 죽었을 때 손이 받아낸
모든 이름들 다 죽어간다
놀랍도록 검고
어마어마하게 차갑게
인사, 를 전한다
작별을 통과하는 일
그것이 손의 전부다

속으로 내리는

    부전나비가 호랑나비로 날아가는 시간, 내가 등 돌려 앉아 있는 시간, 한낮의 태양이 아직 뜨겁지 않은 시간, 먼지의 수가 흩어져 날아가는 시간, 민들레 꽃씨가 날아올랐다 가라앉고 다시 떠오르는 시간, 눈이 아파 더 멀리 보려고 애쓰는 시간, 멀리 집이 한 채씩 늘어나 보이지 않는 시간, 오지 않는 시간, 소주병 속으로 천천히 눈이 내려오는 시간, 원망하는 시간, 나무들이 그늘을 잠그는 시간, 그만 갔으면 좋겠다가도 멈출까 봐 두려운 시간, 어쨌든 잘 가지 않는 시간, 다시 돌아앉아 한숨을 쉬는, 소주병 속으로 계속 눈이 내리고, 아직 내가 취하지 않은, 여전히 눈이 아프고, 너무 멀어 보이지 않는 것까지 꾸며대고 있는 시간, 너인 시간, 네가 아닌 시간, 너를 생각하는 나도 아닌 시간, 그렇게 나를 버리는 시간, 부숴버리는 시간, 녹여버리는 시간, 날려버리는 시간, 흩어져버리는 시간, 소주병 속 눈이 더는 내리지 않는 시간, 나비는 보이지 않고 제비꽃만 남긴 시간, 제비꽃을 버려두고 돌아가는 시간, 거기 내가 없는 시간, 시간만 남은 시간, 시간이 차마 시간을 버리지 못하는 시간,

나는 당신보다 아름답다

등이 점점 둥글게 말린다 그대로, 서로의 몸속으로 들어설 것처럼 서로 얼굴을 핥아가며 적어가는 표정

잃어버린 축축한 열쇠를 들고, 오랫동안 잠겨 있던 문을 열며 들어가다 멈춰 선 자세로 서서히 사라지는 한때를 생각한다 아껴가며 슬펐던 개인의 역사란 휴지에 묻은 울음소리 같은 것

주변에는 늘 비가 내렸고 장엄한 풍경을 위해 나는 무엇이든 될 수 있길 바랐다 그런 밤에는 꼭 누군가 등 뒤에 서 있는 기분 그렇게 사람은 누구나 등을 키우고

지금, 서툰 감정을 경청하며 문을 닫아주려 하는 사람이 있다 조금씩 녹아내린다 달무리 지고 구름이 모인다

벌거벗은 두 사람의 대화

그는 그날에 대해 말하지 않았다.

그날의 하늘, 그러니까 파랗다가 보랏빛으로 변해 간 그날에 대해 그는 말하지 않았다.

그는 두 손을 무릎 위에 올려놓았다. 그것은 읽다 만 책처럼 조금 낯설어 보였다. 그가 입을 다물었을 때, 나는 날아오르는 한 무리 새 떼를 본 것이라고 생각했다.

그러므로 나는 어둠에 대해 그 어둠을 뚫고 달려가는 속도의 굉음에 대해, 더 녹지 않는 늙은 눈에 대해 말하지 않았다. 대신 그의 손을 펼쳐 읽고 싶다는 상상을 하고 있었다.

생각해보면 나는 그의 목소리를 들은 적이 없었다. 충격과 충동에 대해, 언어와 억울에 대해 우리는 침묵을 선언한 사람들처럼 동시에 다른 곳을 보았다. 그는 사람은,이라고 말을 하지 않았는데 나는 들은 것 같고 나를 감싸고 어디론가 데려갈 듯한 바람이 불어왔다고 말하지 않은 것은 나였는지 그였는지 알 수 없다.

  우리는 그렇듯 마주 앉아 있었고 서로를 보았는지, 그렇지 않았는지. 그저, 막막하게 귀를 기울인 것은 나임이 분명하다.

우산의 과정

우산에 대해서라면 오래오래 이야기할 수 있을 것이
다 그것은 검은빛이고 나는 펼쳐진 시간을 사랑한다.

예를 들어 점점 어두워져가는 거리, 어깨를 감춘
사람들이 집으로 돌아갈 때, 가로등 켜지고, 그림자
사라지고, 나는 머뭇거릴 때,

검은 물로 태어나는 것 혹은 젖은 몸으로 살아가는
것 쉽게, 자신을 잃어버리거나 잊어버리는 방법 혹은
혼자서 걸어가는 일

그 장례식에 참석한 사람은 나뿐. 비가 온다는 얘
기는 없었지만, 나는 긴 우산을 들고 있었고 하늘은
우울한 색으로 빛났다. 인부들은 동시에 신음을 쏟았
다. 휘청이는 구덩이. 그러나 죽은 사람은 영영 돌아
오지 않는다. 그날의 색은 기억나지 않는다.

또 한 번 불붙은 것은 우산이었다 토요일이었고 나

는 침착하게 걸었다 빠른 속도로 차들이 미쳐가고 웅
덩이마다 가득한 멍이 넘쳐나, 토할 수밖에는

그러니 어떻게 우산을 사랑하지 않을 수 있는가 길
거나 짧고 접거나 펼쳐진 채, 기억과 함께 동시에 불
어나는 존재를

어떤 신문은 구멍 난 얼굴의 명단을 속보로 내보내
었다 모두들 경악했으나 떨어지는 방울 하나 없이도
아무 일 없었던 그날

아침. 내가 밟았던 웅덩이는 길고 좁았다. 나는 그
런 눈을 가진 이를 한 명 알고 있다. 우연히 알게 된,
나를 붙들고 한참을 울었던 사람 왜 울었는지 기억나
지 않는, 나는 아직도 그녀가 왜 그렇게 울었는지 알
지 못한다. 여자의 머리 위에서 조금씩 조금씩 흘러
내리던 검고 가느다란 실핀 그러나 아무도 우산을 펴
지 않는다.

그렇다면 보자 모든 방향은 어디로 가는 것일까 태어나는 것은 죽어가는 일일까 왜, 흐르지 않고는 미칠 수밖에 없는가

나는 매혹이 들어 올린 가벼운 천창을 보고 있다 잡아당겨 팽팽해진 이름 아래서 다행과 만족이 찾아오는 것인데,

누구나 자신의 이름을 쓰며 당황하거나 방황하는 법이다 이름은 병을 앓은 적 없다 나는 그것의 뒤를 사랑하고 싶다 사랑의 길고 가는 뼈 그러니,

촛불같이, 젖은 신부가 지나가던 때도 있었다. 우산 아래서 그는 나를 지켜보았다. 가벼운 풍경이어도 좋았다. 동전처럼 가볍고 반짝이는 것이라도 되는 것처럼 구걸한 그러나 목숨은 넣어둔 약 봉지였을지도 모른다. 현실은 넣어둘 곳이 필요한 것이므로.

이것은 나의 오랜 철학이다 그것에 대해 나는 오래오래 이야기해왔고, 또 오래오래 이야기할 것이지만, 우산에 이름을 붙이는 미친 남자에 대해서라면

나는 그것을 고백하지 않는다 나는 그것을 예뻐하지 않는다 그것이 없더라도 나는 그것을 그리고 그것과 살지 않는다

그러므로, 우산을 함께 쓰고 가는 행위에 대해 우리는 깊이 생각해봐야 할 필요가 있는 것이다 그것이 쓰디쓴 추억일지라도,

비밀의 풍경

　낡은 거리 위로 아무도 걸어가지 않는다 거기, 쓰러진 그림자들 사이에 내가 있다 영영 돌아오지 않을 구름이 지나간다 나는 울음을 믿지 않았으므로 알사탕을 문 아이처럼 울고 싶었다

　어둠이 걷히자 모든 것이 반짝인다 반짝이지 않는 것은 모든 것에 포함되지 않는다 미끄럽고 가벼운 잠결에 태어난, 아무것도 모르는 내가 차가운 손을 내놓고 있다 그건 누군가 찾아오는 소리 같고 나는 닫을 준비처럼 보인다

　아니면 나는 누군가의 회색 코트 위에 서 있다 그런 일은 습관이다 이맘때 누구나 나눠 갖는 비밀 같은 것 그러므로, 누군가의 창백한 얼굴을 떠올리거나 표정을 삼켜버리는 아무것도 아닌 일에 대해서는 적지 않는다

　그 위에서, 나는 무엇을 빌려야 했을까 영문 없이

말라 바스러지는 기억들, 날아가 흩어진다 어떻게 되었든 나는 계속 지나갈 것이다 먼지 묻은 어둠을 털어내며 생각한다 그리고 이런 생각은 너무 거칠고 투명하다 그래,

　누구나 그렇길 바란다고 나는 중얼거린다 아니 중얼거린 건 내가 아니고 나는 들었는지도 모른다 잠깐 어깨가 움츠러든 가까운 곳에서 문이 닫히는 소리가 들린다 고개를, 돌리거나 수그려도 나는, 이제 보이지 않을 것이다

아이들은 춤추고

아이들은 춤을 추고
잿빛의 천장 아래서
나는 잠들지 못한다
새벽이 찾아올 때까지
끝나지 않는 음악 그리고
춤을 추는 아이들 도대체
언제부터였나 너희는
나는 잠들지 못하고
하나는 하나 그리고 둘은 둘
아이들은 아이들
나는 초대 받지 못한 사람
언제부터? 언제부터!
하나는 둘로부터, 둘은 하나에게로
아이들은 춤추고 음악은 계속된다
이제 멈추어줬으면 좋겠는데
아이들 와르르 울지는 않을까
춤추는 아이들은 울지 않을 테니까
너무 여럿이 우는 건 무섭고 또 슬프니까

이 밤도 나는 잠을 포기한다 아이들은
춤추고 울지 않는다 그러니 얼마나
행복한가 내가 잠들지 않는다면
하나 다음은 둘, 둘 다음은 셋 혹은 둘
아이들은 춤추고
아이들이 춤추고

다시, 지워지는 地圖

버스는 오지 않는다, 대기는 멈춰 있다 물컹한 촉
감으로 구름이 자라고 습도는 일 초의 힘으로 공중을
당긴다

곧 음악이 시작될 것이다, 악보 위로 교복 치마가
흔들린다 예보에 따르면 우리는 장마 속에서 살고 있
다 정류장은 굳어버렸다 가로등이 딱딱한 빛을 터뜨
리기 시작한다

백지장의 사내들이 어깨를 다문다, 공중에 몸을 감
추고 있던 비가 모습을 드러낸다 먼 거리는 없어도
좋다 왼쪽 가슴 오 센티 위에서도 비는 태어난다

갓난비를 맞으며 생각한다, 어쩌면 우리의 걸음에
는 지도가 새겨져 있다, 나는 지도를 훔쳐보는 사람

음악 속으로 뛰어가는 모든 것은 사랑스럽다 비를
피한 울음이 커다란 눈으로 나를 지켜본다 어미가 아

비를 사랑하고 아비가 어미를 찾아 헤매는 밤이 오면

　예견된, 이미 지나가버린 시간들이 등고선의 허리
를 구부리고, 쏟아진다 지도의 모든 것 나에게로 쏟
아지는 모든 것들

악수
—어느 여행 중에

오래 떠내려온 기분이군요 여행이라는 게 그렇죠
떠난 지 오래되셨나 보군요…… 저기, 저 소리 지금,
누가 지나가나요? 열쇠를 흔들면서

　침묵 누군가 지나가는 듯한 소리 열쇠를 흔들고 걸음
을 끌면서

　글쎄요, 그늘만 가득한 것 같군요 분명히, 저기 누
가 있어요 그렇다면 검표원일 수도 있겠죠…… 머리
가 아프군요 당신 여행 얘기를 좀 해주세요 여행에
대해서라면 할 말이 없군요. 하지만,

　침묵 그늘이 빛 사이로 내려앉는 소리. 그 속으로 누
군가 타들어가는 듯한

　가방이 하나 있어요 정신을 차려보면 착착 접힌 채
그 가방 속에 들어가 있죠 어디론가 떠나고 있는 중
이겠죠 누군가 꺼내주기 전에는 저 가방인가요? 아

뇨, 전 그 가방을 본 적이 없어요 언제나 가방 안이라서 그럼 당신은 가방 속에 있는 거군요…… 어쩌면 아니고 아니 그럴 수도

긴 침묵 무언가 질질 끌리는 듯한 소리 마치 무거운 가방처럼, 두 사람 마주 본다

가방에 대해서라면 나도 할 말이 좀 있어요 오래된 애인에 대한 이야기입니다 어쩐지 옛 애인은 가방을 떠올리게 하지요 흔들리는 것을 제외한다면…… 그 얘긴 그만두는 것이 좋겠어요 그 기분 때문에 목을 매단 사람도 있으니

긴 사이, 누군가 침을 뱉지만, 그들은 아니다

달빛 참 요란하군요 소나무들이 달빛을 향해서 우르르 몰려가고 있어요 너머에는 바다가 있을 겁니다 대개 숲은 바다를 감추죠 저기 보세요 정말 바다로군

요 이런 곳에 바다라니 다행입니다…… 다행이라고
말씀하시다니 재미있네요

　기차가 달리는 소리 멈출 듯 결코 멈추지 않을 의지의

　일어나야겠군요 내리실 건가요 글쎄요, 너무 오래
앉아 있었죠…… 혹시 가방을 들고 가는 누군가를 만
날 수 있을지도 모르니까요 그런가요 그렇겠죠

　웃음소리, 두 사람의 소리 없는, 두 사람 악수한다 그
림자 길어지고 또 길어지려고 한다 멈추지 않고

이 씨의 낡은 장화

그것은 이 씨의 장화가 아닌 것이 분명하다 이 씨가 절룩일 때마다 그의 것이 아닌 소리가 났기 때문이다 낯익은 소리는 한 사내를 떠올리게 했다 그는 눈매가 사나운 사람이었다 바람이 불 때마다 아무 벽에나 침을 뱉곤 하던 남자 그 소리를, 나는 알은체하지 못한다 어떤 잘못 때문인지, 내가 무슨 잘못을 했는지 모르고 다만 낡고 익숙한 걸음 소리가 내 뒤를 따라오는 꿈을 꽤 오랫동안 꾸었다 이 씨가 절룩거리며 언덕을 오른다 조금씩 느려지는 걸음이 기억에서 기억에게로 전해지는 슬픈 사연 같아서 나는 또 오래오래 꿈을 꿀 것 같아서

나와 당신의 이야기

십 년 전 녹음했던 비틀스처럼 비가 내리려 한다 벽지의 꽃잎이 떨어질 것 같아 몸이 아픈 오전 아이들이 또 개 줄을 잘랐는지 개가 달려가는 소리 골목을 따라 달리는 구부러지는 개, 그 뒤를 쫓는 아이들의 환호성

나란히 누워 서로를 훔치고 있는 당신과 나는 아이들이 개를 부르는 소리 근처에 살고 있다 개 이름과 내 이름의 사이 발톱을 세운 비가 내린다 돌아보지 않을 만큼

차갑다, 란 말 뒤에 내가 비쳤고 당신은 슬픔이 뱉어놓은 가래 한쪽은 보고 한쪽은 잊는다 오래전 떠나 돌아오지 않는 시력을 열어본다 눈동자 너머 소독약 냄새 나는 지난날이 쓰러져 있다 앞은 뒤를 그리워하고 뒤는 앞을 참는 기묘한 데자뷔 창밖, 발톱 소리 같은 당신의 등 그리고

같은 사람

눈을 감아도
눈을 떠도
같은 사람이라서
수천 수백 수십의
같은 사람이 살짝
웃는 거라고
두 뺨에 손을
두 손을 이마에
번질 수 있도록
내어주는 거라고
같은 사람이라서
눈을 감는 거라고

검은 고요

　바람이 죽는다 이렇게 요란한 소리를 내며 감아 담아온 풍속이 쏟아진 다음, 투명한 손이 더듬어 내가 있다 그게 아니라면 잠든 사람을 설명할 길이 없다

　사진을 떨어뜨린 여자가 있다 여자가 죽는다 죽어 찰랑이는 몸을 남긴다 그것참, 가는 살을 가진 빗 같다 이렇게 아플 줄이야

　저기, 나눠 가질 수 없도록 물이 죽는다 죽은 다음에야 찰랑이는 빛을 남긴다 촘촘히 빗어 넘긴 검은 머리칼이거나 머리칼로 비유되는 것들

　창문 너머 고요가 펄럭이고, 죽고 없다 저리 먼, 눈먼 곳까지 가볼 리가 없다 뒤가 죽어 사라진다 서늘하다 달래기 힘든 아이가 울기 때문에

　죽은 것이 죽었다 계절이 남긴 계절은 그래도 된다 손에 들었던 것들이 죽는다 죽었던 것들이 죽으려 한다 조용히, 그렇게

그해 겨울

그해 겨울 오랜 연애를 마감하였고 파란 사파리 점 퍼를 사서 계절이 다 닳도록 입었다 즐겨 들었던 노 래는 기억이 나질 않는다 몇 갑의 담배를 피웠고 끊 을 수가 없었다 떨지 않았다 그냥 아무렇지도 않았던 그해 겨울,

많은 사람이 죽었다 이따금 전광판을 바라봤지만 나는 소식이 되지 않았다 이따금 生은 괜찮았다 이따 금 새가 날았다 이따금 아는 사람을 만났고 명함을 주고받았다 어디든 나는 나이를 둘러매고 갔다 췌장 을 앓았다 받아온 약은 먹지 않았다 그렇게 또 한 해 가 지나가고 있었다

나무들은 멈추었다 겨울에 대해 쓰고 싶었지만 쓰 지 못했다 다 필요 없어 보이기만 했으니, 만져보았 던 글자들이 몸을 떨었다 여전히 많은 사람들이 살고 있었다 늙은 개들은 언덕을 따라 올라가고 아이들은 여전히 달리기를 잘했다

그리고 그해 겨울 내가 주운 종이는 구겨져 있었다 그 종이에 쓰인 것들 흔들리다가 쏟아져 모두 그해 겨울이었다 누군가를 지독하게 미워했다 그는 더 이상 이 세상 사람이 아니다 내가 할 수 있는 것은 질문 뿐이었다 한 손을 번쩍 들고 자리에서 일어나면 그러나 아무도 없었다

겨울은 언제나 다음에 찾아올 겨울을 기약하였다 영원한 작별은 불가능하거나 깊이를 알 수 없었다 죽어가고 있었다 구원은 도처에 있었으나 아무도 줍지 않았다 많은 문장으로 일기를 썼고 그보다 더 많은 문장을 지워갔다 여전히 그만둘 수 없었다 이토록 질긴 것들이 무엇인지 나는 궁금하지 않았다 아무도 나를 들여다보지 않았으므로

과연 우리는 마땅한 것일까 자꾸 손을 숨겼고 그렇게 숨고 싶어 하는 손을 나는 늘 경계하였으나 손은

아무런 죄도 없었다 친구들이 하나둘 사라져갈 때 나는 그들의 이름을 생각하고 우리는 이제 그럴 나이가 되었다고 생각했다

　무언가, 나를 감아올리는 것이 있었다 나는 자주 잠이 들었고 무언가 끊어지는 소리를 들었던 밤도 있었다 그해 겨울 나는 그해 겨울을 포기하였고 동시에 모든 그해 겨울을 보고 싶기도 하였다 나는 안전하였다 그게 나를 무섭게 만들었다 그런 생각이 들 때마다 나는 잠들 수가 없었다 그해 겨울 나는 불어왔다 불어갔다 너무 멀리 날아가 이제는 보이지 않는다

Ⅲ

빛나는 시간

약속했으니 다시 시간은
빠르고 느리게 지나간다
이제 모든 것은
빛으로 얼어붙어가고

나는 내 짐승의 일부
이 그림자를 밟고 서서
무엇도 되지 않으리
숨과 피를 지우고

내 살과 뼈와 여자와 개
뚫고 지나가는 線의 線
검푸른 사방 이마 위
첫날부터 지금까지
모든 것을 망쳐놓으리

그러니, 이 시간은 그저
칼끝 같기만 하여라

해줄 말

     ·

손목을 끊고 살던 청춘들
야위어간다 먹지 못해
뼈만 남은 서로의 몸을 매만져
음악을 만든다

한 사람을 꺼내 생각한다
기억의 순간들, 전력으로
펼쳐지는 동안 어쩌면
다시 태어날 수 있다는 생각

당신이 눈을 닦아주길 바랐어요
눈물에서 반짝반짝 윤이 나도록
당신이기를 그만두세요 제발
내가 당신이 될게요 그러나
나는 늘 운이 없었으니까

다치고도 다친 줄 모르는 흉터와
내 것이고도 모르는 표정이

매달려 떨어질 생각을 않는다
해줄 말이 있으면서도
다음 목숨을 원했던 것은

참을 수 없는 감정
말은 그렇게 배우는 것이지
모레 죽어도
미안하다고 하지는 않을 거지만

어떤 장면

나는 파란 입술, 추운 냄새
나이를 주워 걸어가는
눈빛이 품어온 장면

어떤 나이는 사내아이들
공보다 빠르게 달려가고
어떤 나이의 기억은 계집아이들
비명을 지르며 도망간다

어쩌다 그곳엔,
빈터가 놓이게 되었나
그런 내가,
부모를 닮아 죽어간다

걸어간다 울고 우는
세상 모든 환상들
투명해지다가 뚝뚝 녹아
부러지는 핏속 흰 뼈

지금은 해가 저물려 할 때
모두 시계를 거꾸로 돌린다
생각보다, 지금이 차갑다
와르르 몸을 떨고

웃음을 터뜨리기라도 하듯
그늘 짧은 바람이 분다
잘못 재봉한 인형처럼
인형을 물고 빠는 아이처럼

점점 더 위험해지는 것이 있다
그리하여 종막으로 기억될
아무도 보지 못한, 미래가 온다

소년

소년이 울고 있었다
누구도 들어보지 못한 소리로
눈물은 떨어지고 있었다

눈물들 고이고 고여 새가 되었다
한쪽을 오래 바라보다가
눈짓의 방향으로 날아올랐다

공중, 흔들리더니 물결이 일었다
한 번도 흐른 적 없는 물이
그렇게 흐르기 시작했다

마침, 달이 떠오르려는 참이었다
소년은 잠시 우는 법을 잊어버리고
달이 맺는 소리를 들었다

물은 물속으로 걸어 들어가
점점 깊어져갔다 먼눈으로

그저 투명하고 비리게 흘렀다

막 번지던 것들, 울음을 꺼내려고
온 적 없는 한때를 뒤지고 있었다
은빛인 은빛이어야 하는 흔들림

흔들리더니 흔적처럼 바람이 불었다
달과 새와 그곳이 녹아내렸다
후드득 쏟아져 선홍빛 비가 되었다

울음 그친 소년이 비를 건드렸을 때
방울방울 흐린 것들이었다
소년은 물속에 오래오래 있었다

불행한 반응

1

입에 달라붙은 멜로디처럼 어떤 일은, 지독하게 기
억난다
그때 나는 창백해진 얼굴과 그렇지 않은 시간
조금, 몸이 흔들렸다
주저앉은 얼굴과 가득한 밝은 빛이 테두리들 사이
있던 사람이 없어지고 나서야

2

불행한 소식을 들었다
우는 사람은 늘 같은 방향으로 돌아선다
나는 내 몫의 것들을 믿지 않았다
지금은 언제나 눈물방울처럼 움직인다

3

    목으로 치미는 목소리가, 써지지 않는 순백의 글자
가 귀를 틀어막은 음악이 오늘이다가 갑작스럽게 멈
춰버리곤
    오늘이 믿기지 않는다

4

    울며 말했다 울음이 말을 막고 말이 울음과 섞여서
한마디도 알아들을 수 없는 그 소리가 나를 잡아당겼
다 언제나 무수한, 너와 너들

5

    검은 건반이 내 손가락을 누른다

발가벗은 음들이 내 귀를 당긴다
듣는 감각 쏟아진다
통증이 나를 아파한다
들어가 나오지 않는 추억이여
이런 일을 참을 수 있겠는가
나는 내 부끄러움에 찬성하지 않는다

닿지 않은 이야기
―L에게

달이 있더라니 구부러진 뒤에야 밝은 줄 알았다 귀를 대고 한참 서 있었다 그저 아득하기만 한 그런 밤이었다 누가 손등을 대고 까맣도록 칠해놓은 그런

앉았다가 떠난 자리를 꽃이라 부르고 많은 것을 보여주고 싶었던 그래, 누가 흔들고 지나간 것들을 모아 그늘이라고 부르기로 했다 그러니 꽃이 다 그늘일 수밖에

있었던 말들을 놓아주었더니 스르륵 눈이 감겼다 감고 싶었다 그랬다고 손목을 놓아주는 건 아니었을 텐데 스르륵 소리가 나고 눈을 감았다

그것도 소원이라고 휘청거리는 바람이 피었다 아무리 잡아도 허공이었다 허공에 대고, 울어놓은 자리마다 흔적이 생겼다 그 자리는 건들지 않았다 꺾을 힘마저 놓아버렸다

우산의 반대말

고이면 좋겠어
잠든 도시의 가슴팍에
의심이란 거지 우리가
찾아볼 수 없는 흔적

이렇게 끝내주는 소리는
천년 전의 것
용서하라 모든 이빨을
비가 내일을 잡아 뜯고
눈썹을 파르르 떨어
써놓은 문자를 내놓는다

쏟아져 내리는, 입말
놀라는 눈과 감기는 물

비가 내리는 만큼
입을 다문 사람
그게 아니더라도

이런 날씨 앞에서는
누구나 넓고 너무 투명하다

떠오른다 침묵하지 않는,
하고 싶은 말 지우고,
젖어간다 모서리부터

B

B는 왜 복부 비만을 남긴 채 죽어버렸을까 왜 b의, 보기와 다르게 생긴 일부를 나는 사랑했을까 그대로 외국어를 그리고 모국어를 떠나야 했던 B

길마다 쓰러진 것들로 넘쳐나요 B는 조금 추워지려는 바람, b는 플라타너스 잎 뒤, B는 벗어버린 조카 팬티, 도대체 받침 없는 삶이라니, 왼손으로 후려치면 사실 오른뺨, B는 어제의 방향, v는 b의 오자, B 그것은 당신도 모르는 당신 이름, 몰래 숨을 거두려던 나의 할아버지는 b를 발음하려 말고 엄지를 들어 b(사건은 습관의 오른쪽 벽에 붙어 미끄러지듯 걷는다 굽은 등을 가진 그림자는 늘어졌다가 사라지고 다시 나타난다 깜짝 놀랐는가 그렇다면 당신은 직업이 없는 B를 방치한 것이다)

어제 장난친 속으로 거짓말이 감쪽같이 고개를 숙였다 들고 아무 일도 없었다는 듯 벌벌 떨며 완벽한 우주 속으로 뛰어들려다 멈춰 선 자세로 B 어제는 오늘

을 잊고 오늘은 오늘을 맘껏 추억하려는 B 의미는 서
투르고 서툴러서 살이 빠져 뼛속까지 빈 언어의 부조

염소의 숲

—J, 우리를 들뜨게 하는 것

나는 염소를 본 적이 있다. 흰 종이를 먹고 눈부신 수염을 길렀다. 울음마다 바구니가 하나씩 생겨났다. 나는 염소를 좋아하게 되었다.

숲의 나무들은 몰래 버섯을 낳는다. 버섯을 따 먹으면 안개와 어둠과 눈물을, 구토와 설사와 발열을 배우게 된다고 염소가 알려주었다.

하지만, 숲으로 가는 길은 막혀 있단다. 버섯을 따러 갈 수 있는 건 오직 염소뿐이야. 눈부신 수염을 치켜들고 실컷 뻐기는 표정으로. 나는 염소를 좋아하니까, 염소는 그래도 된다.

그날 밤 나는 염소의 목줄을 풀어주었다. 염소는 곧장 숲으로 들어가 영영 돌아오지 않았다. 염소의 주인은 숲으로 들어갈 수 없었다.

보내지 못한 개봉 엽서

K형 나는 형을 생각하고 있어요 형은 지금 빈 잔을
매만지고 있겠죠 누군가 그 잔을 채워줄 때까지는 형
을 생각할 작정입니다

이곳은 쓸쓸합니다 나를 알아보는 이가 없기 때문
이죠 사실 혼자 있고 싶었어요 발바닥을 밟고 걸어가
는 것처럼 문득 돌아보아도 여전히 나는 있는 것처럼
이곳에도 들판은 없어요 우리에겐 언제나 그랬지 형
이 있다면 이곳도 조금 나아질 거라고 생각해보는 중
입니다 어디서나 마찬가지인가 봅니다 이곳도 봄이고
먼지 같은 것들이 날리고 있어요 그런 게 추억이겠지
만, 알다시피 우리에겐 남은 것도 남길 것도 없어요
그건 그저 먼지 같은 것이겠지

내가 이 엽서를 다 쓸 수 있을 거라고는 생각하지
않아요 옛날부터 알고 있었죠 당신이 나를 알고 있었
던 것처럼 말이에요 K형 그러니 내가 더 무슨 말을
할 수 있겠어요 그렇게 짧은 시간인데 이렇게, 뒤죽

박죽의 시간이 나를 찾아온다고 해도 나는 형을 위해 내 호주머니를 뒤지지 않을 작정입니다 우리는 골몰하는 시간을 그토록 사랑하지 않았나요

이곳이 멀다고 생각할 때, 나는 형을 원망하고 있어요 내가 생각한 것보다 훨씬 더 말이죠 모든 골목에서 형의 눈동자를 볼 수 있어요 그커다란눈동자가공중을박차고날고있소아래에서위에서날리고길가에멈춰있고이따금채고그속도에나는숨을멈출수가없지 당신의 눈동자를 볼 때마다, 괴로운 일이야 당신 따윈 감히 상상도 할 수 없을 만큼

K형 당신은 이미 알고 있어요 그 매끄러운 빈, 잔을 채울 수 있는 자는 아무도 없다는 걸 그러니 형은 늘 목이 마르겠지 하지만,

깊은 시간을 뛰어다녀도 좋지 그게 아니어도 좋고 우리는 알고 있어도 또 모르고 있어도 괜찮아요 그런

것을 허락이라고 말하는 것이겠지 나는 이곳에서 이
못 써먹을 사연을 감당해보려고 합니다 또 누가 알겠
어요 내가 형을 혹은 형이 나를 추억할 수 있을지, 그
런 일이 가능하다면 말이지만

서른

너무 뻔해서 뻔하지 않은 지금쯤 뿔이 돋아나고 수
십 개 구멍으로 채워지고 구멍을 메우지 못해 내가
사랑한다

이런 사랑에는 이도 혀도 팔도 없고 뭣도 없이 좆
같은 눈물만 어룽댄다 미련이 미련하여

자꾸 죽는 꿈을 꾸고 내가 아니면 그이가 죽고 남
김없이 부서지는 그런 꿈 동사만 남아서 자꾸 작동하
는, 나는 숨을 쉴 수가 없다

이름이 이름을 길게 늘여 더는 알아볼 수 없게 늘
어진 그 이름을 나는 놀라고 또 알아볼 수가 없다

그러니 지금쯤 나는 뿔만 남은 짐승 그 짐승의 우
리 그러니까 동시에 키우는, 그런 것이 있다면 나는
그때쯤 살고 있어도 좋을까

벽 뒤에만 사는 냄새처럼 남고 싶어지는, 딱 그만
큼만 살아도 좋을 정말, 그래도, 좋을.

텅 빈 액자

눈 덮인 지붕과
궁핍의 나무를 떼어낸다
서러운 그림이다

그림은 그의 것이다
그가 직접 걸어둔 것이다
등 너머 실팍한 마음이
이제야 먼지처럼 날린다

거실 옆 부엌에는
그릇을 깨먹은 여자가 있다
잔소리하듯 하얀
그릇됨의 속살

떼어낸 자리가 환하다
어떻게 그렇게 했는지
없어진 나날보다
있었던 나날이 더 슬프다

無

　무를 사러 나왔는데 밑동 잘린 눈이 내린다 당신,
무얼 상상했기에 이리도 하얀 눈이 내리나 그렇게,
하얀 눈을 맞으며 걸어간다 한 사내가 넘어진다 일어
나 툭툭 털어내는, 그의 잠바가 흐리다 익숙한 이미
지를 더듬어 다시 눈이 내리고 나는 고요 그 중간쯤
을 올려다본다 내일은 무를 말릴 것이다 나는 오독오
독한 그런 상황이 참 재밌어 또 슬프다 함께 사라져
버릴 것들 그리고 잊혀가는 것들도

옛날 사람

국수를 먹은 겨울밤이다. 눈이 내리려는데. 옛날
사람들 지나간다. 그들을 알고 있다. 한 아이는 여전
히 두꺼운 안경을 벗지 않는다. 무섭다 나는 그들이.
얼어붙은 나의 손을 한 남자가 잡고 흔든다. 그의 눈
은 벌어져 있고. 굳은 내 얼굴이 그의 눈동자를 떠나
지 않는다. 무서운 한기가 몸속 깊이 차오르는 동안
그들, 내가 알고 있는 것들을 끌고 간다. 어둠이 쓰러
진다. 깨진 틈틈이 눈이 내리고. 그들의 뒷모습은 구
멍으로 가득하다. 옛날 사람들의 뒷모습은 어둠. 그
들 이제, 보이지 않는다.

공중의 시간

1

이 시는 정박한 시간에 대한 것이다
미열에 들떠 휴지로 창문을 닦았을 때
계절은 너무 자주 시작되었다
공중을 조립하기 위해 덩치가 큰 사내들은
도시를 떠났다 곧 그들이 떨어뜨린
공중의 부속이 땅을 흔들 것이다
거실의 시계는 멈추고 나는 침대에 누워
초라한 병에 시달리는 가족사를 생각한다
죽일 년놈들이 되어 잠든 우리

2

가끔, 弱視의 꿈을 꾼다
죽은 아버지 음성, 심장의 크기를 키운다
아무도 없이 소리만 들리는 풍경 느닷없이

늙어버린 길은 힘없이 팔을 떨구고
천천히, 숨을 끊는다 그러니 나는
식욕보다 나쁜 기억력을 가지고 있는 사람
혼자서 지어두었던 아들의 이름은 이미
기억나지 않는다 그러니 아버지
내게 말 걸지 마세요

3

검은 눈빛을 가진 나의 아들이
빛을 주워 담기 위하여 古宮의 뜰로
간다 오, 언제나 태양은 가득하다
그러나, 나는 그늘이 좋았으므로
강낭콩 싹 한번 틔워보지 못한 끈기로
늘 그늘을 키운다 이름 없는 나무들은
죽기 직전에 숲을 만든다지 그러므로
나무는 못된 무덤 나는
네가 나무 악기로 태어나기를 바랐다

너의 아비는 유명하지 않은 악보
엄마란 음악을 듣는 사람
고모는 조금만 슬퍼도 우는 아이였다
그러니 아들아, 어깨란 닮아지는 것이 아니라
훔치는 것이다 기억해두어라 세상은
어떤 각오로 태어나야 하는 것인지

   4

공을 잃어버린 아이들은 공을 사랑하고
우리는 그들을 추억한다 누구나 잃어버린
공터 하나쯤은 가지고 있는 법 늑대 같은 순간이
폭발한다 깔깔대며 달아나는 공을 찾아 사라지는
아이들 내게 맞는 어깨란 없다 뼈라는 이 오래된
遺傳 먼 미래의 유골이 분말이 되어
쏟아진다 빈 몸을 털어 내일을 장만해야 한다
나는 검은 봉투 같은 그림자를 가지고 있다

부드러운 그늘

　조용한 책이 놓여 있고 나는 택시를 타고 멀리 간다 문을 닫았고 다시 열렸다 당신은 아직도 깜깜하다 그 컵처럼 떨어뜨린 소리 이렇게 어둔 구석이 있을 줄 생각하지 못했다 몇 단어들을 새긴다 다시 조용한 책의 표지

　나는 택시에서 내려 문을 닫고 오늘 닫은 몇 번째 문인지 곰곰이 생각한다 문 뒤에는 또 문이 있고 문 뒤의 당신은 아직도 깜깜하다

　더 오래 그럴 것이다 날카로운 소리에 손끝을 찔리고 어둠은 어디에나 있다 단어를 깔고 앉은 그늘 그것은 무척 조용한 책의 맨 뒤 나는 하얀 종이를 생각하고 사랑한다 떠밀려 올 수 없도록 그제야 이만큼 수많은

그때 우리는

그때 우리는 주머니에 손을 넣은 아이들 언덕을 천천히 걸어갔지 뒤를 돌아보면 멀리 길어진 그림자 그때, 우리는 어떤 그림을 떠올렸을까 우리 중 하나가 침을 뱉었고 깨진 거울은 불타오르고 있었지만 모두 얼음 조각처럼 차갑기만 했어

우리 중 하나가 그중 한 조각을 주웠고 공중을 향해 멀리 던졌어 눈이 따끔거렸지 우리 중 하나는 훌쩍거렸는데 그건 내가 아닌 것 같아 노래를 따라 부르면 안 돼 손뼉을 쳐서도 안 되지 약속했어 우리가 그랬나 아마, 그럴지도 모르지 바람을 펼치던 태양은 가라앉은 지 오래 우리는 주머니에서 손을 빼지 않은 아이들 그때 내 손을 잡은 우리 중 하나

휘감기는 어둠을 우리는 사랑하였고 불빛을 향해 고개를 숙였다고 이제는 말할 수 있어 우리 중 누군가는 나였고 지금은 사라져버린 그림자들이 너무 길어졌기 때문일까 그때 우리는 함께 노래 부르지 않았으므로

맑은 날

짬뽕이란 단어는 어떻게 발음해도 슬퍼지지 않는다
단단히 묶인 팔자 매듭처럼 풀리지 않는 숙취는
이토록 웃기다 거진, 습관이란 게 그런 거지만,
물에서 짬뽕 국물 맛이 나는 것 같기도 하고
새인지 비행기인지 모를 것이 떠 있는 하늘에서
뭐가 내릴 것 같기도 하다 이런 날엔 내게 없는
아내가 식탁에 앉아 펑펑 쏟는 눈물을 보고 싶다
그 앞에서 재떨이를 끌어당겨 담배를 물고
아내를 지켜보는 단답형 남편이 된 것도 같고
그런 게 어떤 기분인지 알 길 없는 것도 당연하다
도저히 착해지지 않는 마음을 뒤져보아도
도무지 길들여지지 않는 글자만 가득할 뿐 그러니
짬뽕이란 단어는 조금 슬프고 너무 웃기기도 해서
생활이 보글보글 끓어오르는 오늘 아침엔
대단한 물건인 양 배달되어온 책을 받아들고
이름 석 자 장중하게 적어주는 내가
똑같은 글자를 자꾸 적고 비실비실 웃는
혀를 쥐어짜 사과라도 해보려 하는 내가

나이 어린 조각들

책가방이 떨어지고 있다
하얀 분필을 줍는다
분필이 아니라면 못이라도
계단을 두 칸씩 뛰어 내려간다
복도가 텅텅 울린다
복도의 벽은 차갑다
누군가 우편함을 열었다 닫는 소리
책가방이 떨어지고 있다
내가 소리 내어 울고 있다
어두운 지하실로 들어간다
먼지 낀 냄새가 가득하다
침을 뱉고 다시 냄새를 맡는다
가벼운 유리창이 깨진다
손에서 팔에서 피가 떨어진다
핏자국, 말라붙어 지워지지 않는다
계단을 두 칸씩 뛰어 올라간다
힘든 숨을 몰아쉬는 소리
한 칸이 부족하기도 하다

책가방이 떨어지고 있다
내가 소리 내어 운다 아니 엄마가
오후가 쏟아지는 언덕배기
은행나무 숲이 감춰버린 야구공
책가방이 떨어지고 있다
나는 몰래 이름을 새기고
탁, 창문이 닫히는 소리
5층에서 1층으로
내가 우는 소리가 입을 크게 벌린다
숙제를 안 한 태양이 기울어진다
둥글게 몸을 돌리는 그림자
엄마들, 일렬로 앉아 있는 여름이다
아빠들, 센베이를 사오고 있다
하루는 손바닥보다 작고 단단하다
책가방이 떨어지고 있다
책가방은 아직 떨어지지 않았다
책가방이 떨어질 리 없다
책가방보다 먼저 그림자가 추락하는

누군가의 얼굴을 그리기도 하는 하늘
물감이 그림으로 바뀌어간다
책가방이 떨어지고 있는데도
밤이 오고 있는데도 꿋꿋하게
울던 나는 배가 고프다 엄마
엄마, 하고 울면서 집으로 간다
떨어지지 않은 책가방을 주워올 방법이 없다
경비실이 깜깜한 밤에, 불을 켠다
아직 어린 시간은 잠을 자지 못하고
아직도 어린 나는 숫자를 세고

면목동

아내는 반 홉 소주에 취했다 남편은 내내 토하는
아내를 업고 대문을 나서다 뒤를 돌아보았다 일없이
얌전히 놓인 세간의 고요

아내가 왜 울었는지 남편은 알 수 없었다 어쩌면
영영 알 수 없을지도 모른다 달라지는 것은 없으니까
남편은 미끄러지는 아내를 추스르며 빈 병이 되었다

아내는 몰래 깨어 제 무게를 참고 있었다 이 온도
가 남편의 것인지 밤의 것인지 모르겠어 이렇게 깜깜
한 밤이 또 있을까 눈을 깜빡이다가 도로 잠들고

별이 떠 있었다 유월 바람이 불었다 지난 시간들,
구름이 되어 흘러갔다 가로등이 깜빡이고 누가 노래
를 불렀다 그들을 뺀 나머지 것들이 조금 움직여 개
가 짖었다

그때 그게 전부 나였다 거기에 내가 있었다는 것을

모르는 건 남편과 아내뿐이었다 마음에 피가 돌기 시작했다 이야기는 이렇게 시작되었다

최초의 감정

조 연 정

> 근원적인 모든 것은 다시 시작한다.
> ── 모리스 블랑쇼

'불행한 서정'의 행복한 귀환

'서정'이라는 말로부터 시작해보자. 이 용어는 복수의
용법을 지닌다. 우선, 장르론의 관점에서 서사 장르와 대
비되는 '시'의 영역을 가리킬 때 이 용어가 쓰인다. 둘째,
시적 주체와 외부 세계와의 관계 양상을 가리킬 때, 특히
주체가 세계로 나아가는 '투사'의 작용과는 반대로 세계가
주체로 수렴되는 '동화'의 작용을 설명하기 위해 '서정'이
라는 용어가 사용된다. 셋째, 시적 정황으로부터 환기되는
감정적 측면에 주목하는 용어로도 이 말이 쓰인다. 감정이
라는 것이 애초에 명명 불가능한 느낌의 집합이므로 '서

정'이라는 말이 어떤 빛깔의 감정과 관계하는지 명확히 규명하기는 힘들다. 다만 '서정'이라는 용어에서는 세계와의 불화(不和)를 적극적으로 드러내는 사나운 감정보다는 세계와 표 나게 다투지는 않으려는 순한 감정이 더 많이 환기된다고 말할 수 있을 뿐이다.

이미 어느 정도 폐기된 첫번째 의미를 차치하고 두번째와 세번째 의미를 종합하여, 흔히 우리는 외부 세계를 동원하여 주체의 착한 감정을 드러내는 시를 '서정'의 영역에 포함시킨다. 그리고 이 계열의 시는 감정의 진정성 혹은 표현의 적실성과는 다소 무관하게 세계의 불가해성에 대해 무지하거나 무심한 비윤리적인 시로 폄하되기까지 한다. 타자성, 윤리, 정치 등의 키워드가 중요한 화두가 되었던 2000년대 시단에서 우리는 이 같은 '비윤리적 서정'의 영역을 가로지르는 '신서정' 혹은 '다른 서정'의 폭발력에 특히 주목했다. 세계를 자신의 휘하에 놓으려는 인자한 군주로 분한 시적 주체는 홀대받았고, 세계와 대결하는 천방지축 악동들이 난무하는 시적 무대의 현장성 자체가 환대받았다.

그런데, 세계에 군림하는 시적 주체를 맹비난하는 과정에서 타자에 대한 윤리적 자의식이나 언어에 대한 실험적 자의식이 강화된 주체만을 한껏 추앙하다 보니, 시의 정서적 측면에 반응하는 우리의 촉수가 은연중 무뎌진 것도 사실이다. 한 편의 시는 여러 가지 관점에서 읽힐 수 있다.

시적 주체가 외부 세계와 즐겁게 만나는가 불편하게 만나는가를 토대로 시적 주체, 나아가 시인의 세계관을 판가름하며 읽는 차가운 독법이 있을 수 있다. 혹은 그것이 즐거움이든 불편함이든 상관없이 한 편의 시가 환기하는 감정에 푹 빠져보는 뜨거운 독법도 있을 수 있다. 이 두 가지 태도만 놓고 보았을 때 무엇이 윗길인지, 그리고 이 둘이 분리될 수 있는지 잘은 모르겠지만 분명한 것은 누구라도 일차적으로는 시가 뿜어내는 감정에 반응하지 않을 수는 없다는 사실이다. 그럼에도 불구하고 그간의 우리는 이 자연스러운 반응에 조금 무심한 채 차가운 독법에만 몰두한 듯도 싶다.

유희경의 첫 시집을 읽는 자리에서 이처럼 먼 길을 수고롭게 돌아가는 이유는 그의 시를 읽는 보람에 대해, 다시 말해 그의 시가 일깨운 낯익은 낯선 감정에 대해 말하고 싶기 때문이다. 유희경의 시에는 최근 젊은 시가 즐겨온 그 흔한 유머도, 집요한 말놀이도, 별스러운 이미지도 등장하지 않는다. 무정한 태도로 언어 실험에 골몰하는 것도, 다채로운 감각의 향연을 전시하려는 것도, 유희경의 작업과는 다소 무관하다. 유희경의 시는 익숙한 언어로 익숙한 감정을 묘사하고 세련하는 모노톤의 시에 가깝다. 그가 편애하는 감정은 한 마디로 말해 슬픔인데, 그 슬픔에서는 담담한 결의마저 느껴진다. "비극에는 용기가 필요하다"(「한편」)고 힘주어 말해보기도 하는 유희경의 잠언투 문장들은 2000년대 시단의 맥락과 맞닿으며 묘한 울림을 자아내기도 한다. 첫 시집을 세상에 내놓는 유희경의 패기는 세상의 모든 슬픔을 껴안겠다는 치기보다는 이처럼 자신의 보잘것없는 슬픔을 드러내놓기를 망설이지 않겠다는 용기와 관련되는 것이다.

유희경의 어떤 시에서 기형도를 떠올리는 독자도 적지 않거니와 『오늘 아침 단어』에 실린 60여 편의 시를 읽으며 우리는 그가 2000년대적 감각보다는 1990년대적 감성과 어울린다는 사실을 확인하게 된다. 2000년대의 감각적이고도 윤리적인 시가 홀대해온 감정의 영역에 충실하려는 듯 보인다는 것. "왼쪽 가슴 오 센티 위에서도 비는 태어난다"(「다시, 지워지는 地圖」)라고 적고 있는 유희경의 시를 읽다 보면 마음이 무겁게 가라앉은 듯한 느낌이 드는데, 신기한 일은 그 무거운 마음이 설렘으로 전환되기까지 한다는 사실이다. 감성을 자극하는 시를 오랜만에 본격적으로 만나게 되었다는 반가움 때문일까. 무겁게 가라앉아 설레는 이 마음이 유희경 시가 우리에게 되돌려준 시 읽기의 보람을 증명한다.

우리는 이른바 '서정의 귀환'을 목도하고 있는 것이 아닌가. 오해를 피하기 위해 권혁웅의 개념을 빌려 유희경의 시를 '불행한 서정시'(권혁웅, 『시론』, 문학동네, 2010, pp. 132~62 참조)라 고쳐 부르자. 그는 주체의 정념이 도드라지는 시를 서정시로 한정해 부르자고, 그중 주체와 세계가 한 몸 되어 '정합적이고 합목적적이 된 시'를 '행복한 서정시'로, 주체와 세계가 엇갈리며 '비정합적이고 변증법적이 된 시'를 '불행한 서정시'로 부르자고 제안한 바 있다. 이러한 제안은, 세계의 자아화라는 폭력적 동화의 방식을 동원하지도 않으면서 동시에 감정적인 영역에 무심하지도 않은 시가 지속적으로 씌어왔다는 사실을 강조하기 위한 것이겠다. 이러한 구분을 참조하자면 '비극의 용기'를 말하는 유희경의 시는 2000년대의 젊은 시들 중에서 '불행한 서정'의 영역을 적극적으로 개척하는 대표 주자로 인정될 만하다.

주체와 세계의 접촉면이 어떤 모양을 띠는가에 주목하여 서정의 윤리성에만 집중할 경우, 그것은 결국 서정의 불행을 초래하게 된다. 유희경의 '불행한 서정시'는 접촉면의 모양뿐 아니라 접촉의 열기에도 집중하도록 만든다. 그 열기를 온몸으로 느낄 때 우리는 "행복한 시 읽기"의 체험을 돌려받을 수 있을 것이다. 어서, 읽자.

소년의 눈물, 그리고 '아버지라는 기호'

소년이 울고 있었다
누구도 들어보지 못한 소리로
눈물은 떨어지고 있었다

〔……〕
물은 물속으로 걸어 들어가
점점 깊어져갔다 먼눈으로
그저 투명하고 비리게 흘렀다

막 번지던 것들, 울음을 꺼내려고
온 적 없는 한때를 뒤지고 있었다
은빛인 은빛이어야 하는 흔들림
〔……〕

울음 그친 소년이 비를 건드렸을 때
방울방울 흐린 것들이었다
소년은 물속에 오래오래 있었다   ─「소년」 부분

   내내 눈물을 뚝뚝 흘리다가 아예 눈물 속에 들어앉아버
린 소년이 있다. 「소년」이라는 시이다. 전문(全文)을 인용
하지는 않았지만, 이 시에는 "눈물들 고이고", 고인 눈물
이 "흔들리더니 물결이 일"고, 결국 "후드득 쏟아져 선홍
빛 비가 되"어 흐르는 장면이 그려진다. 눈물이 방울방울
고여 찰랑대다가 마침내 주르륵 흘러내리는 장면이 섬세하
게 그려지는 이 조용한 시에서 우리는 먹먹한 슬픔을 느낀
다. 천천히 흐르는 저 눈물은 원인이 알려지지 않았기에
더 슬프다. 소년이 왜 우는지 알 수 없다는 점에서, 그리

고 그 눈물이 소란스러운 눈물이 아니라 그렁그렁 맺혔다가 소리 없이 쏟아지는 눈물이라는 점에서, 소년의 눈물을 바라보는 우리에게도 뚜렷한 한 줄기 슬픔이 각인되는 것이다. "나는 물속에 앉아 있었다"라고 말하는 「深情」에서도 그렇거니와 유희경은 소리 없는 눈물이 넘쳐흘러 온 세상이 눈물이 되어버린 듯한 이미지를 자주 그린다. 그의 시에서 소년과 눈물은 혼연일체다. 이토록 조용한 눈물 속 세상으로부터 유희경의 시가 시작된다.

또 다른 소년의 이야기를 읽어보자. 희미한 울음소리를 듣기 시작하는 '소년 이반'의 이야기이다. 자신의 울음소리가 들리기 시작하면서 이반에게는 힘없이 부석거리는 어머니의 모습도 동생의 슬픈 뒷모습도 보이기 시작한다. 눈물 속에 들어앉은 것으로도 모자라 "울음이 매달린" 귀까지 달게 된 이 바보 같은 소년에게는 무슨 일이 있었던 것일까.

아침 일찍 일어난 이반에게 부엌은 바람 없는 대나무 숲처럼 고요했다 아버지, 두고 간 얼굴을 주웠을 때 그것은 떨어뜨린 면도칼처럼 차가웠다

날이 저물고 있었다 이반은 귀를 발견했다 늦은 밤 놀이터 구석진 벤치에 앉아 귀를 기울였다 자기 울음소리를 끝없이 듣고 있었다

매일 아침, 울음이 매달린 이반의 귀는 출근하는 동생 등
에서 소리를 들었다 무언가 반짝이는 것이 반짝이는 듯한

이반은 수염을 깎았다 어머니는 너른 억새 숲이 되었고 이
반은 그 발밑에서 늪이 되었다 그것 말고는 부석거리는 어머
니를 설명할 길이 없었다

시간이 지날수록 귀에는 낡고 흔한 울음이, 알 수 없는 애
를 쓰며 매달려 있었다 이반은 그러한 자신의 귀가 한없이
자랑스러워   ──「소년 이반」 전문

이반은 놀이터 벤치에 홀로 앉아 "자기 울음소리를 끝없
이 듣고 있"는 소년이다. 변함없이 되풀이되는 일상 속에
서 표정 없는 동생의 등을 바라보다가도 문득 눈물이 핑
도는("동생 등에서 소리를 들었다 무언가 반짝이는 것이 반
짝이는 듯한") 슬픈 소년이 바로 이반이다. 어머니는 억새
풀처럼 희미하게 메말라(울다 지쳐 눈물이 말라버린 걸까)
휘청거리고, 어머니를 바라보는 이반은 여전히 눈물로 축
축하다. 이반이 바라보는 세상은 왜 이다지도 눈물범벅일
까. "출근하는 동생"을 두었으며 "수염을 깎"는 나이인 이
반은 이미 어린 '소년'이 아닐 텐데, 왜 '울음이 매달린
귀'를 달고 슬퍼할까. 아마도 "아버지" 때문일 것이다. 문

득 떠오르는 아버지의 얼굴, 혹은 온기 없는 차가운 그의 사진, 그렇게 그가 "두고 간 얼굴"이 이반에게 '울음이 매달린 귀'를 달아주었을 것이다. 이 "아버지란 기호"(「지워지는 地圖」)는 유희경의 시가 그리는 먹먹한 슬픔의 한 기원이다. 아버지가 부재한 일상의 풍경이 자아내는 형용할 수 없는 슬픔과 그러한 슬픔이 사후적으로 투영되어 탄생한 울고 있는 소년의 이미지는, 유희경의 시가 우리에게 정서적으로 강렬한 인상을 남기는 주요한 이유 중 하나라 할 수 있다.

누군가와 이별한 슬픔이 더할 수 없는 아픔이 되는 경우는 언제일까. 그의 부재에도 불구하고 변함없이 굴러가는 일상을 발견할 때도 그렇지만, 가까운 미래의 이별에 대해 무지한 채로 일상을 흘려보낸 과거의 내가 불현듯 떠오를 때, 슬픔은 참을 수 없는 것이 된다. 지금은 떠나고 없는 사람이 아직 곁에 있었으며 그 사람의 떠남을 상상조차 할 수 없었던 과거의 한 순간이 떠오를 때, 우리는 자책과 후회라는 말로도 충분히 설명되지 않는 복잡한 감정을 느낀다. 심지어 분노마저 느끼게 된다. 가령, 다음과 같은 장면을 그리고 있는 시인의 마음이 그런 것은 아닐까.

[……]아버지란 기호에선 캐치볼이 떠오르지만,

어느새 나와 아버지 사이 넓게 자리 잡은 이만 헥타르쯤의

130

운동장 이따금, 몰래 알약 반 개 같은 씨앗을 심지만 자라는
것은, 없다

　방금 불어온 바람을 등지고 어리고 슬픈 내가 공을 주우러
뛰어간다 당신은 누구인가 이 글러브는 누구의 가죽이고 날
아가는 것을 보면 왜 소리를 지르고 싶어지는가
　　　　　　　　　　　　　　　　　—「지워지는 地圖」 부분

　유희경 시의 한 구절을 빌려 말하자면 "없어진 나날보다/
있었던 나날이 더 슬프다"(「텅 빈 액자」). 그러니 인용한
시의 '나'에게도 더 이상 아버지와 함께할 수 없다는 사실
보다 어쩌면 그와 함께했던 옛날의 기억이 더 아플 것이다.
그래서 아버지와 캐치볼을 하던 회상 속 한 장면에서 공을
줍기 위해 뛰어가고 있는 '나'는 마냥 즐거운 소년이 될 수
없다. "어리고 슬픈" 소년일 수밖에 없다. 그 소년은 날아
가는 것을 보며 소리를 지르고 싶은 충동적인 분노마저 느
낀다. 시인의 회상에 등장하는 저 소년의 슬픔과 분노는
지금의 상실을 고려하지 않고서는, 즉 "부석거리는 어머
니"와 등으로 울고 있는 동생이 있는 어두운 방 혹은 어두
운 거실의 풍경을 염두에 두지 않고서는 설명이 불가능하
다. 유희경의 시에 등장하는 소년들에게는 이처럼 근미래
의 상실과 슬픔이 투영되어 있다. 때문에 그 소년들은 행
복할 수 없는 운명에 처해 있다. 가까운 미래에 체험하게

될 믿기 힘든 상실 때문에, 더불어 그 사실에 대한 무지의 책임으로, 회상 속 소년들은 슬퍼야만 한다. 유희경이 자신의 분신과도 같은 소년들을 눈물 안에 가둔 것은 바로 이러한 이유 때문일 것이다.

미래로부터 출발한 상실의 체험이 기입되어 있기 때문에 이 소년들은 이미 어른이다. 그러므로 유희경의 소년들이 이유를 알 수 없는 슬픔으로 자신을 소진시키는 연약한 존재에 머물지 않고 어떤 결의를 다지는 의젓한 모습을 보일 때, 그것은 전혀 어색하지가 않다. 이제, 앞서 읽었던 「소년」과 「소년 이반」이라는 시에서 우리가 빠뜨리고 넘어간 부분을 다시 챙겨 읽어보자. 소년이 눈물 속에 들어앉아 바라본 세상은 어떤 빛을 띠고 있을까. 유희경은 "은빛이어야" 한다고 말한다. "은빛인 은빛이어야 하는"이라며 두 번을 강조해 말한다. 회색빛의 슬픔을 은빛으로 바꿔 부르는 이 다짐을 기억해두자. 더불어 울음이 달린 자신의 귀를 "한없이 자랑스러워"하는 소년 이반의 여유도 놓치지 말자.

자신만의 슬픔 속으로 한없이 침잠하든 그 슬픔을 어루만지려는 어떤 결의를 드러내든, 중요한 사실은 유희경의 어떤 시는 이처럼 고유한 상실의 체험을 주저 없이 드러내놓는다는 점이다. 그렇다면 유희경은 자신이 의도했든 그렇지 않든 시를 쓰는 과정을 통해 일종의 '승화'를 체험하고 있는지도 모른다. 개인적인 슬픔의 승화를 도모하는 시

쓰기를 그 자신이 얼마나 의미 있는 작업으로 생각하는지 알 수 없지만, 그 과정의 진정성이 우리에게 진솔하게 전달되고 있는 것만은 분명하다. 2000년대의 한국 시단에서는 '앓는 나'를 고백하는 '승화로서의 시'보다 '앓는 시대'를 선언하는 '증상으로서의 시'들이 우세종으로 지지받았다. 이 같은 맥락을 고려한다면 자신의 고유한 상실감을 개봉 엽서처럼 드러내는 유희경의 시 쓰기는 다정하면서도 용감한 작업으로 여겨질 수밖에 없다. 자신의 슬픔을 따뜻하게 돌봐줄 소박한 손짓이 절실한 시대에 놓여 있는 우리로서는 이러한 작업이 반갑기도 한 것이다.

> 부드럽게 안아주었다
> 안겨 있는 나를 보았다
> 하얗게 빛이 났다 　　　　　　　　　　──「꿈속에서」 부분

누군가의 품에 "안겨 있는 나"가 등장하는 꿈속의 한 장면, 그리고 그때 느껴지던 부드럽고 환한 촉감. 유희경 시에는 밀도 높은 슬픔과 함께 이처럼 명도 높은 온기도 존재한다. 이 시집의 첫번째 시에 새겨져 있는 이 같은 '은빛'의 문장(門帳)들은 '당신'의 부재로 인해 신음하는 우리의 외로운 밤을 먹먹한 빛으로 밝히려 한다. 이제, 또 다른 '당신'을 만나러 갈 차례다.

'나는 사랑하고 당신은 말이 없다'

우리는 앞에서 유희경의 시를 '불행한 서정시'로 단정했다. 의심할 여지없이 불행한 서정의 정수는 불가능한 사랑이다. 이제 유희경의 연애시를 읽으며 우리의 단정이 성급한 것이 아니었음을 확인하자. 『오늘 아침 단어』의 가편(佳篇)에 해당하는 시들은 주로 불가능한 사랑에 관해 이야기한다.

둘이서 마주 앉아, 잘못 배달된 도시락처럼 말없이, 서로의 눈썹을 향하여 손가락을, 이마를, 흐트러져 뚜렷해지지 않는 그림자를, 나란히 놓아둔 채 흐르는

우리는 빗방울만큼 떨어져 있다 오른뺨에 왼손을 대고 싶어져 마음은 무럭무럭 자라난다 둘이 앉아 있는 사정이 창문에 어려 있다 떠올라 가라앉지 않는, 生前의 감정 이런 일은 헐거운 장갑 같아서 **나는 사랑하고 당신은 말이 없다**

더 갈 수 없는 오늘을 편하게 생각해본 적 없다 손끝으로 당신을 둘러싼 것들만 더듬는다 말을 하기 직전의 입술은 다룰 줄 모르는 악기 같은 것 마주 앉은 당신에게 풀려나간, 돌아오지 않는 고요를 쥐여 주고 싶어서

불가능한 거리는 아무 말도 하지 않는다 당신이 뒤를 돌아
볼 때까지 그 뒤를 뒤에서 볼 때까지
　　　　　──「내일, 내일」 전문 (강조는 인용자, 이하 동일)

　"우리"는 만났고, 마주 앉았고, 아무런 말도 하지 않았
고, 그리고 결국 뒤돌아 각자의 길을 갔다. 헤어진 연인이
오랜만에 재회했다가 서로 등을 보인 채 헤어지는 모습을
롱테이크의 줌아웃으로 보여주는 영화 「봄날은 간다」의 엔
딩 장면이 떠오르는 시다. 시작조차 못 한 사랑인지, 이제
막 끝을 본 사랑인지 알 수 없지만, 아무튼 확실한 것은
저 둘에게 "우리"라는 이름의 "내일"이 쉽지 않을 것이라
는 사실이다. "잘못 배달된 도시락"처럼 어색하게 마주한
"오늘" 같은 "내일"들이 반복될지는 몰라도 "오늘"과 다른
행복한 "내일"이 있을지는 미지수다. 왜냐, "나는 사랑하
고 당신은 말이 없"기 때문이다.
　이 시집을 통틀어 가장 인상적인 문장이 바로 여기에 있
다. "나는 사랑하고 당신은 말이 없다." 사실 이 문장은
의미론적 비문에 가깝다. 두 개의 문장이 어색하게 연결되
어 있기 때문이다. 자연스러운 연결은 '나는 당신을 사랑
하는데 당신은 아무런 말이 없다', 혹은 '나는 당신을 사랑
한다고 말하지만 당신에게선 아무런 대답이 없다' 정도일
텐데, 시인이 일부러 쓴 어색한 문장을 이렇게 억지로 고

쳐보면 이 시는 '나'와 '당신' 사이의 불가능한 사랑을 증명하는 시가 된다. 내가 준 사랑을 되돌려주지 않는 당신에 대한 애타는 마음을 애절하게 표현한 시가 된다. 당신 마음이 내 맘 같지 않으니 '나'는 당신을 쓰다듬고 싶은 마음을 꾹꾹 눌러 참으며 허공에 손짓을 해볼 뿐이다. 내 사랑을 당신에게 강요하지 않고 '나'에 대한 당신의 침묵을 기꺼이 수용한다는 점에서 이 시의 화자는 사랑할 자격이 충분하기는 하다.

그런데 저 인상적 문장이 의미론적 비문이 아니라면? '나'는 누구를 사랑하는가. '나'는 그저 사랑을 할 뿐이 아닌가. 사랑은 애초에 내가 준 바로 그것을 상대에게 되돌려 받을 수 없다는 어긋남을 전제로 한다. 사랑하는 사람은 사랑받을 수 없다. 이것은 사랑에 관한 불변의 진리다. 즉 이루어질 수 없는 어떤 사랑이 있는 것이 아니라 모든 사랑이 애초에 "헐거운" 것이라고 해야 맞다. 바디우의 표현을 빌리자면 사랑은 둘이 하나가 되는 것이 아니라 '둘이 등장하는 무대'(알랭 바디우, 『사랑 예찬』, 조재룡 옮김, 길, 2010)가 지속되는 것이므로. 따라서 "나는 사랑하고 당신은 말이 없다"는 이 문장은 자연스럽다. '나의 사랑'과 '당신의 침묵'은 애초에 동시적인 것이다. 그렇다면 「내일, 내일」은 어떤 불가능한 사랑을 증언하는 시가 아니라 사랑의 보편적 불가능성에 애달파하는 시로 읽힐 수 있다. "빗방울만큼 떨어져 있"는 저 둘은 어쩌면 실제로 열렬히 사랑하는 사이일 수 있다. 그럼에도 불구하고 "불가능한 거리"를 인정하는, 그 "헐거운" 감정을 "生前의 감정"이라고밖에 달리 표현할 길이 없다는 것을 아는, 진정 사랑하는 사람들일지도 모른다. 사랑의 불가능성을 알면서도, 아니 알기 때문에 '나'는 "나는 사랑하고 당신은 말이 없다"라고 적어본다. 아마 '당신' 역시 '나'와 똑같은 문장을 어딘가에 적고 있을지 모른다. "나는 사랑하고 당신은 말이 없다"라고.

핑켈크로트는 프루스트의 『잃어버린 시간을 찾아서』에 아름다운 주석을 달며 다음과 같은 의미심장한 문장을 적었다. "이 세상 전체가 하나의 감옥으로 변한다고 해도, 사랑받는 얼굴은 이 세상에 속해 있지 않다. 지속적이고, 철저하고, 물 샐 틈 없는 감시를 당해도, 얼굴은 사로잡힘으로부터 도망갈 수 있는 눈을 가지고 있다"(알렝 핑켈크로트, 『사랑의 지혜』, 권유현 옮김, 동문선, 1998, p. 58)라고. 사실, 이 말은 비유가 아니다. 우리는 어느 누구도 사랑하는 사람의 얼굴을 온전히 떠올릴 수 없다. 사랑하는 사람의 얼굴에 관해서라면 우리는 모두 형편없는 예술가이고 말 못하는 아기가 된다. 사랑하는 사람은 언제나 침묵 속에서 '빠져나가는 것'으로 존재하기 때문이다. 사랑받는 사람은 '부재자', 그리고 사랑하는 사람은 어김없이 '부재자의 인질'인 것. 이러한 공식 역시 불가능한 사랑으로부터 도출된다. "버스가 기울 때마다 비스듬히 어깨에 닿곤

하는 기척을 이처럼 사랑해도 되는지"라는 사랑스러운 문장과, "아무리 애를 써봐도 아득한 오후만 떠오르고 이름의 주인은 생각나지 않는다"라는 아련한 문장이 공존하는 「珉」은, 이 같은 사랑의 공식을 예쁜 풍경으로 드러낸다.

'부재자의 인질'이 되어버린 누군가의 마음을 묘사하는 애틋한 연애시 한 편을 더 읽어보자. 「심었다던 작약」이다.

네가 심었다던 작약이 밤을 타고 굼실거리며 피어나, 그게 언제 피는 꽃인지도 모르면서 이제 여름이라 생각하고, 네게 마당이 있는지 없는지도 모르면서 그게 아니면, 화분에다 심었는지 그 화분이 어떻게 허연빛을 떨어뜨리는지 아는 것도 없으면서 네가 심은 작약이 어둠을 끌고 와 발아래서 머리 쪽으로 다시 코로 숨으로 번지며 입에서 피어나고, 둥근 것들은 왜 그리 환한지 그게 아니면 지금을 어떻게 설명해야 하는지 가르쳐주지도 않으면서, 봄은 이렇게 지나고 다시 여름이구나 몸을 벽에 붙여보는 것이다 그러니 작약이라니 나는 그게 어떻게 생긴 꽃인지도 모르고 나도 아니고 너는 더구나 아닌 그 식물의 이름이 둥그렇게 떠올라 **나는 네가 심었다는 그것이 몹시 궁금하고 또 그런 작약이 마냥 지겨운 건 무슨 까닭인지** 심고 두 손을 소리 내어 털었을 네가, 그 꽃이, 심었다던 작약이 징그럽게 피어

—「심었다던 작약」 전문

'너'는 '나'에게 작약을 심었다고 말했고 그 말을 들은 '나'의 밤은 온통 작약이다. 너는 그것을 마당에 심었을까, 화분에 심었을까. 그것은 언제 피는 꽃일까, 어떤 모양으로 피어나는 꽃일까. '나'의 온밤은 네가 심었다던 작약과 작약을 심었다던 '너'에 대한 상상으로 분주하다. 작약을 심은 '너'에 대한 생각은 "머리 쪽으로 다시 코로 숨으로 번지며 입에서 피어"난다. 상상만으로도 '나'의 온몸이 '너'에게 반응하고 있는 것이다. 그런데 이 시의 화자는 자꾸만 모른다는 말을 반복한다. 결정적으로 "네가 심었다는 그것이 몹시 궁금하"다고 말한다. 그런데 '나'는 정말 작약이 궁금한 것일까. 오금이 저리도록 무척이나 궁금한 것은 '네가 심었다는 작약'이 아니라 분명 작약을 심은 '너'일 것이다. '나'는 온통 네 생각뿐인 내 마음을 어떻게 설명해야 할지, 혹은 네 마음도 내 마음과 같을지 궁금해서 안절부절 못하고 있다. 그런데 너를 향해 이렇게나 부풀어 오른 이 마음이 '나'는 왜 지겹게 느껴지기도 하는 것일까? "네가 심었다는 그것이 몹시 궁금하고 또 그런 작약이 마냥 지겨운 건 무슨 까닭인지"라는 아리송한 표현은 어떻게 이해되어야 할까? '너'에 대한 상상만으로도 벅찬 마음과 상상만으로는 허기진 두 마음 사이에서 갈팡질팡하는 '나'의 심사를 드러낸 것이 아닐까. 사랑을 해본 사람이라면 누구나 알 만한 어지러운 마음을 말이다.

 이 예쁜 시를 계속 읽다 보면, '작약'이라는 꽃 이름이 부사어로 바뀌는 듯한 신기한 경험을 하게 된다. 사랑하는 사람에 대한 두근거리는 마음이 몽글몽글 피어나는 느낌을 묘사하는 말처럼 들리는 것이다. '나'는 온밤 내내 작약 작약, '너'를 생각하고 있다. 이제 유희경의 단어 사전에서 '작약'은 부재하는 '너'를 향해 무럭무럭 열심히도 자라는 감정, 그 형용 불가능한 감정을 표현하는 최초의 단어로 등재될 수도 있다.

사랑하는 사람의 마음은 태업도 파업도 모른다. 쉼 없는 다가섬이 사랑의 시작이다. 그런데 문제는 그 다가섬이 둘 사이의 거리를, 기다림의 시간을 결코 줄여주지는 않는다는 사실이다. 애초에 '나'와 '당신'은 "불가능한 거리"를 사이에 두고 있기 때문이다. 내가 한 발짝 다가선다고 해서 당신과 나 사이의 거리가 정확히 한 발짝 좁혀지는 것이 아니다. 내가 당신을 기다려야 하는 시간이 내가 당신에게 다가간 시간만큼 줄어드는 것도 아니다. 둘이 등장하는 사랑의 무대에서 다가가기와 기다리기는 어느 한쪽이 다른 한쪽을 대신할 수 없다. 양자택일도 불가능하다. 사랑하는 사람에게는 다가가고 싶은 마음도, 기다릴 수밖에 없는 처지도, 대책이 없기 때문이다. 오래전 "기다려본 적이 있는 사람은 안다"라며 이 대책 없는 마음을 시로 적었던 이가 황지우다. 그리고 황지우의 「너를 기다리는 동안」이 좀더 비장한 형태로 재탄생한 것이 유희경의 「너가 오면」이다.

그렇게, 네가 있구나 하면 나는 빨래를 털어 널고 담배를 피우다 말고 이불 구석구석을 살펴본 그대로 나는 앉아 있고 종일 기우는 해를 따라서 조금씩 고개를 틀고 틀다가 가만히 귀를 기울여 오는 방향으로 발꿈치를 들기도 하고 두 팔을 살짝 들었다가 놓는 너가 아니 너와 비슷한 모양으로라도 오면 나는 펼쳤다가 내려놓는 형편없는 독서 그때 나는 어떤 손짓으로 어떻게 웃어야 슬퍼야 가장 예쁠까 생각하고 그렇게 나, 나, 나를 나비 날개처럼 접어놓는 너 너 너의 짓들 너머로 어깨가 쏟아질 듯 멈춰놓는 모습 그래도 아니 그대로, 멈춰서 멈추길 멈췄으면 다시처럼 떠올려 무수히 많은 다시 다시와 같이 나를 놓고 앉아 있었으면 나를 눕히고 누웠으면 그렇게 가만히 엿보고 만지고 아무것도 없는 세계의 밋밋한 한 곳을 가리키듯 막막함이 그려져 손으로 따라 걸어 들어가면 그대로 너를 걸어갈 수 있을 것만 같아서 조금 알 수 있을 것 같아서 숨이 타오름이 재가 된 질식이 딱딱하게 그저 딱딱하게만 느껴지는 그건 너가 아니고 기실, 나는 네 눈 뒤에 서 있어서 도저히 보이질 않는 너라는 미로를 폭우 쏟아져 내리는 오후처럼 기다려 이를 깨물고 하얗게 질릴 때까지 꽉 물고 어떻게든 그러므로, 너로부터 기어이 너가 오고

　　　　　　　　　　　　　　　　　　　——「너가 오면」 전문

사랑하는 사람은 사랑받는 '당신'을 향해 다가가면서 동

시에 그를 기다린다. 「심었다던 작약」의 '나'에게는 다가가
려는 마음의 성분이, 「너가 오면」의 '나'에게는 기다리려는
마음의 성분이 더 많다. 그래서 앞의 시에서는 천진한 행
복이 느껴지는 반면, 뒤의 시에서는 결연한 의지마저 느껴
진다. 「너가 오면」의 '나'는 '너'를 기다리는 일이 "세계의
밋밋한 한 곳을 가리키듯 막막함"이 느껴지는 일이라 말한
다. 그럼에도 불구하고 "이를 깨물고 하얗게 질릴 때까지"
견뎌, 결국 "너로부터 기어이 너가 오"는 장면을 보리라
다짐한다. 이 같은 '나'의 다짐을 읽어내는 일은 중요하지
만 「너가 오면」의 핵심은 이게 다가 아니다. 어그러진 통
사 구조가 휴지(休止)도 없이 이어지는 가운데, '너'를 기
다리던 '나'의 설렌 기대가 결국 폭우 같은 눈물을 참아내
는 슬픈 오기로 변하는 그 불편한 과정 자체를 지켜보는
일이 더 의미 있다. '너'를 반기는 손짓과 표정을 연습하며
"발꿈치를 들기도 하"며 설렌 마음으로 '너'를 기다리던
'나'는, 그러니까 "너와 비슷한 모양"만 보아도 들뜨고 손
에 잡은 책도 제대로 읽지 못하던 '나'는, 어느새 기다림의
막막함에 지쳐 하얗게 질린 표정의 내가 되어 있다. "어떻
게 웃어야 슬퍼야 가장 예쁠까"를 고민할 수도 없이 굳어
버린 표정의 내가 돼버린 것이다. 「너가 오면」은 거대한
한 문장 안에 '너를 기다리는 동안'의 기쁨과 슬픔, 기대와
실망, 행복과 절망을 이렇게 다 담아놓았다.

　다가가다 문득 지겨워지는 마음, 기다리다 결국 슬퍼지

는 마음, 유희경은 이 미묘한 심리 변화를 적확하게 포착해낸다. 이런 마음을 모르는 사람은 저런 시를 쓸 수가 없다. 유희경의 연애시가 애잔한 아름다움을 품게 될 때, 그것은 표현의 기민함보다는 감정의 섬세함으로 설명되어야 한다.

핑켈크로트를 다시 한 번 인용하자. 타인의 얼굴에 쉼 없이 다가서면서도 그 얼굴을 절대 흡수할 수 없는 불가능을 가리켜 그는 "멋진 무력감"이라고 표현했다. 그 무력감은 왜 멋진가. 이러한 무력감이 없다면 "삶은 〔……〕 자기를 떠나 자기를 향해 가는 단조로운 여행에 불과할 것"(『사랑의 지혜』, p. 26)이기 때문이라고 그는 말한다. 희미한 당신, 말없는 당신, 한없이 기다리고 기다릴 수밖에 없는 당신을 경유하여 유희경은 어디로 가고 있는가. 어떤 '나'를 만들고 있는가.

내 죽음을 假定하는 시간

유희경의 시가 한편에서 불가해한 타자성의 체험으로서 달콤 쌉싸래한 사랑을 이야기할 때, 다른 한편에서 그의 시는 어떤 "假定의 시간"을 형용하기 위해 애쓰고 있다. 그것은 어떤 시간인가. 전적으로 미래에 속한 죽음의 시간이다. 유희경의 시에서 죽음은 일상적 상실감, 슬픔, 고독을 설명하기 위해 동원되는 위태로운 단어가 아니다. 유희경 시에 나타난 죽음에 대한 편애는 청춘의 상투적 의장이기를 거절한다. 블랑쇼처럼 말하자면 그는 낮의 입장에서 죽음을 욕망하지 않는다. 오히려 밤의 입장에서 죽음의 고독을 탐색하는 편이다. 그런데 미래의 사건으로서의 죽음은 유희경의 시에서 시 쓰기에 대한 사유로 이어질 때가 있다. 죽음에 대한 가정(假定)이, 어쩌면, 유희경의 뮤즈다.

한낮의 태양이 가득했다 산책이 시작되었다 너는 저음의 걸음을 이끌고 그곳까지 걸어갔을 것이다 고개 숙인 잎사귀들 중 하나가 너를 향해 떨어졌을 것이다 너는 진심으로 목이 말랐을 것이다 노래처럼, 너는 잘못되었다 아무도 없었으므로 단정할 수는 없지만 그곳은 네가 찾아갈 곳이 아니었을 것이다 [……] 그때 너는 어떤 생각을 했던 것일까 사막, 이라고 적을 수밖에 없는 깊은 밤의 처지를 생각했을 수도 있다 거리의 대부분이 자취를 감췄을 때도 너는 걷고 있었다고 확신한다 어떤 영혼도 버틸 수 없는 사람은 대개 그러하다 묻을 것이 남아 있지 않은 사람은 그런 법이다 그날 밤은 떠올리지 않는 것이 더 좋았을 것이다 낱장의 시간들이 날려 오고 손끝의 힘이 풀려나갈 때 오후의 개가 너를 따라온다 [……] 세상이 검게 변하는 순간에 아무것도 없고 너만 있고 멀리 오후의 개가 짖는 소리 정말 버리고 떠난 것일까 지금도 확신할 수 없다 너는 언덕을 따라 내려갔고 잠시 뒤를 돌아보는 척했지만 그뿐 그 뒤로 영영 돌아오지 않았을지도 모른다 신발 한 짝을 물고 돌아온 개가 한 마리 있었지만, 그 개가 오후의 개였는지 그보다는 좀더 검은 개였는지 그것도 알 수 없다 **지금은 그저 假定의 시간** 〔……〕

—「낱장의 시간들」 부분

일어날 가능성이 아주 희박해서 상상조차 하기 힘든 상황을 묘사할 때 가정법 미래라는 시제가 쓰인다. 바로 저 자신의 죽음을 가정해 말할 때처럼 말이다. '만약 내가 죽는다면'이라는 표현은 가정법 미래의 용법을 설명할 때 언제나 동원되는 상투구이다. 「낱장의 시간들」은 이처럼 일어날 가능성이 희박한 미래의 사건인 자신의 죽음을 묘사하는 시로 읽힌다. 현재의 '내'가 미래의 시간에 속한 '나'를 '너'라는 2인칭으로 칭하며 따라가 보고 있는 것이다. '너'라 불리는 누군가의 불투명한 과거 행적을 상상해보는 시가 아니라, 바로 '나' 자신의 미래를 가정해보는 시로서 「낱장의 시간들」이 읽히는 이유는 "영영 돌아오지 않았을지도 모른다"라는 미래로 열린 구절 때문이다. "네가 찾아갈 곳이 아니었을" 곳을 향해 한 발씩 내딛는 '너'는 마치 죽으러 가는 사람처럼 보이는데, '죽음의 언덕'을 따라 내려가는 듯한 '너'의 산책이 만약 과거의 일이라면, 현재의 관점에서 '너'는 돌아왔거나 돌아오지 않았거나 둘 중 하나여야 한다. 그러나 시적 주체는 "돌아오지 않았을지도 모른다"라며 '너'에 대한 추측을 이어나간다. '너'의 산책에서는 한 걸음 한 걸음의 과정으로서 '낱장의 시간들'만이 도드라질 뿐 그 산책은 미래의 특정한 시점에서 완료되지 못한 채로 있다. '낱장의 시간들'이 모여 하나의 사건을 만들지 않는 것이다.

「낱장의 시간들」에서 시적 주체는 '너'의 열린 죽음, 즉 자신의 무한한 죽음을 가정해본다. 내가 '너(= 죽음)'라는 타자가 되는 순간, 아니 타자가 되기를 실패하는 순간, 그 순간으로부터 유희경의 어떤 시가 시작되기도 지속되기도 한다. 그의 시는 타인의 죽음으로 인한 고통 속에 무력하게 침착하여 홀로 슬픔을 되뇌기만 하는 것이 아니라, 말 없는 '당신'과 '나'의 죽음이라는 절대적 타자성에 대한 탐색으로 나아가기까지 한다.

그런데, 「낱장의 시간들」에서 가정해보는 저 상황은 왠지 익숙하다. "노래처럼, 너는 잘못되었다", "그곳은 네가 찾아갈 곳이 아니었을 것이다", "뒤를 돌아보는 척했지만 그뿐" 등의 구절을 통해 자연스럽게 환기되듯, 「낱장의 시간들」은 에우리디케를 찾아 명계로 내려간 오르페우스의 이야기를 변주한 시이다. 블랑쇼는 『문학의 공간』에서 "글을 쓰는 것은 오르페우스의 시선과 함께 시작한다"(모리스 블랑쇼, 『문학의 공간』, 이달승 옮김, 그린비, 2010, p. 258)라고 쓰며 에우리디케를 돌아보는 오르페우스의 시선을 '영감'과 연결시킨다. 그 시선은 초조함을 넘어 무심함에 이른 시선이며, 이러한 순간을 맞이하기 위해 오르페우스는 이미 예술의 권능을 필요로 하였다는 말을 덧붙인다. 이로부터 "글을 쓰기 위해서는 이미 글을 써야 한다"라는 명제를 도출한다. 글쓰기의 움직임에 의해 열린 공간으로 나아갈 수 있는 순간에 이르러서야 비로소 글을 쓸 수 있다는 것이다. 그렇다면 우리도 블랑쇼를 참조하며 「낱장의 시간들」에 나타난 '너'의 산책, 즉 미래로 무한히 열린 '나'의 죽음을 시 쓰기의 경험에 대한 것으로 확장시켜 볼 수 있지 않을까.

　　검은 옷의 사람들 밀려 나온다. 볼펜을 쥔 손으로 나는 무력하다. 순간들 박히는 이 거룩함. 점점 어두워지는 손끝으로 더듬는 글자들, 날아오르네. 어둠은 깊어가고 우리가 밤이라고 읽는 것들이 빛나갈 때. 어디로 갔는지. 그러므로 이제 누구도 믿지 않는다.

　　거기 가장 불행한 표정이여. 여기는 네가 실패한 것들로 가득하구나. 나는 구겨진 종이처럼 점점 더 비좁아지고. 책상 위로 몰려나온 그들이 사라진 지는 이미 오래. 그러니 불운은 얼마나 가볍고 단단한지. **지금은 내가 나를 우는 시간.** 손이 손을 만지고 눈이 눈을 만지고, 가슴과 등이 스스로 안아버리려는 그때.　　　　　　　　　　—「금요일」 전문 미래를 향해 열린 체험으로서의 시 쓰기 과정을 보여주는 또 다른 시가 「금요일」이다. '나'는 볼펜을 쥐고 손끝으로 글자들을 더듬고 있다. "검은 옷의 사람들 밀려 나온다." 검은 옷의 사람들은 종이 위를 가득 채운 글자들일까. '나'는 아마도 무언가를 써내려가고 있는 중일 것이다. 밤이 점점 깊어가고 "검은 옷의 사람들"과 함께 '나'의 밤은 빛나고 있다. 그것은 행복한 체험일지도. 2연을 보자. 이제 '나'는 "가장 불행한 표정"을 짓고 있는 사람이 되어 있다. "여기는 네가 실패한 것들로 가득하구나"라는 문장은 '나'의 독백에 가깝다. 내 앞에 놓인 종이를 바라보며 '나'는 탄식하고 중얼거리는 것이다. 그렇다고 해서 이 시를 실패한 시 쓰기의 경험 내지 무력한 시인의 고뇌를 드러내는 시로 한정해 읽을 필요는 없다.

사실 이 시는 무언가를 적고 있는 내가 아니라, 무언가를 읽고 있는 내가 등장하는 시이기도 하다. 어떻게 읽어도 "검은 옷의 사람들"을 마주한 '나'의 절대적 무력함, 혹은 절대적 고독은 변하지 않는다. "검은 옷의 사람들"이 무슨 이야기를 들려주는가와는 별개로 그 침묵의 공간과 홀로 마주하고 있다는 사실만으로도 '나'는 무섭고 외롭다. "내가 나를 울"고, "손이 손을 만지고 눈이 눈을 만"져도 '나'는 온몸으로 고독하다. "지금은 그저 假定의 시간"이라는 「낱장의 시간들」의 한 구절과, "지금은 내가 나를 우는 시간"이라는 「금요일」의 한 구절이 공명하며, 이 두 편의 시는 유사한 상황을 묘사하는 시가 된다. 그것은 바로 거대한 고독의 체험이다. 미래의 사건으로서 '나'의 죽음은 단지 '나'만의 사라짐이 아니라 모두의 사라짐이라는 점에서 거대한 고독이다. 키냐르가 말했듯 "고체 상태의 침묵"(파스칼 키냐르, 『옛날에 대하여』, 송의경 옮김, 문학과지성사, 2010, p. 48)인 글자를 마주한 채 "내가 나를 우는 시간"이 진행되는 밤도 거대한 고독 그 자체다.

동년배 시인 기형도의 갑작스러운 죽음을 추모하는 자리에서 이문재는 이렇게 적었었다. "살아 있는 모든 시인은 적어도 둘 이상의 삶을 산다고 나는 믿는다. 그리고 그중 적어도 하나 이상은 죽은 시인의 삶이다. 그러니 우리가 쓰는 시 가운데 일부는 추모시이다"(「기형도에서 중얼거리다」, 박해현 외 편, 『정거장에서의 충고』, 문학과지성사, 2009, p. 128)라고. 그리고, "추모시를 써보지 않았다면, 아직 시인이 아니다"라고 덧붙였다. 어떤 점에서 유희경의 많은 시는 추모시에 가깝다. 그는 아버지가 없는 풍경의 침묵 속에서, 부재하는 '당신'의 침묵 속에서, 검은 글자들의 침묵 속에서, 나아가 내가 사라진 미래의 침묵을 가정하며, 고독하게 추모시를 쓰고 있다. 그 침묵과 아득함과 고독의 총체는 "K"라 불리는 어떤 것이다.

창가에 서 있던 사람은 K다. 그는 나와 눈이 마주쳤음에도, 물러서거나 시선을 피할 생각이 없어 보였다. 창밖에는 바람이 앞에서 뒤로, 쓰러질 것처럼 불고 있었다.

〔……〕

K는 꿈을 꾸고 있는 것이고 그건 내가 K를 생각하는 태
도이기도 하다. 상상할 수 있는 모든 반응의 바깥에 서 있는
것. 나를 데려간, 가장 가벼운 무게의, 자리. 그는 수천의
나비가 만들어낸 사람이다. 그러므로. 여전히 날갯다. 날개
들 쌓여 달아오르는 열이다. K가 사라진 자리에 온도만 남
아, 타오른다. 그때 불타버린 K는 다시, 그 자리에 설 수 없
이. 흔들리는 K는 K가 아닌 바로 그 K가   ──「K」 부분

「K」의 첫 연과 마지막 연이다. K는 누구일까. '나'와 눈
이 마주친 자이고, "달아오르는 열"과 함께 불타고, 사라
지고, 그 자리에 온도를 남기며 흔들리는 자이다. "상상할
수 있는 모든 반응의 바깥에 서 있는" 어떤 것이다. 모호
하면서도 분명한 느낌이다. 날갯짓이고, 열이고, 온도다.
그렇게 '나'에게로 쏟아져오는 K는 무엇인가. 세상의 모든
죽은 시인들, 혹은 죽을 시인들이라고 말하는 것만으로는
부족하다. 어쨌든 "수천의 나비가 만들어낸 사람"인 K가,
"나를 미치게 만든다"는 바로 그 K가 유희경의 시를 추동
하는 것만은 분명해 보인다. "나와 눈이 마주쳤음에도, 물
러서거나 시선을 피할 생각이 없어 보"이는 K는 내가 외
면해버릴 수 있는 상대가 아니다. "그저, 막막하게 귀를
기울인 것은 나임이 분명하다"(「벌거벗은 두 사람의 대

화」). 그렇다면 K는 어떤 불가피함이다. 이 불가피함과 마주하며 유희경은 시를 쓰고 있다.

'生前의 감정'

이렇게 슬프고 먹먹하고 설레고 안타깝고 외롭고 결연한 밤을 돌고 돌아 유희경은 어디에 왔는가. 아직 읽고 싶고 또 읽어야 할 시들이 많지만 우리의 시 읽기가 일단 여기서 멈추어야 한다면 적당한 장소는 『오늘 아침 단어』의 마지막 시 「면목동」이어야 할 것이다.

아내는 반 홉 소주에 취했다 남편은 내내 토하는 아내를 업고 대문을 나서다 뒤를 돌아보았다 일없이 얌전히 놓인 세간의 고요

아내가 왜 울었는지 남편은 알 수 없었다 어쩌면 영영 알 수 없을지도 모른다 달라지는 것은 없으니까 남편은 미끄러지는 아내를 추스르며 빈 병이 되었다

아내는 몰래 깨어 제 무게를 참고 있었다 이 온도가 남편의 것인지 밤의 것인지 모르겠어 이렇게 깜깜한 밤이 또 있을까 눈을 깜빡이다가 도로 잠들고

별이 떠 있었다 유월 바람이 불었다 지난 시간들, 구름이
되어 흘러갔다 가로등이 깜빡이고 누가 노래를 불렀다 그들
을 뺀 나머지 것들이 조금 움직여 개가 짖었다

　　그때 그게 전부 나였다 거기에 내가 있었다는 것을 모르는
건 남편과 아내뿐이었다 마음에 피가 돌기 시작했다 이야기
는 이렇게 시작되었다　　　　　　　　　──「면목동」 전문

　"어쩌면 가보지 못한 本籍"(「11월 4일」)에서의 이야기.
내가 태어나기 이전, 아니 생겨나기도 이전의 젊은 아버지
와 어머니의 이야기. 반 홉 소주에 취해 울던 아내의 심정
을 알 리 없는 남편은 아내 곁에 빈 병처럼 놓여 있고, 깜
깜한 밤 홀로 깨어난 아내는 "남편의 것인지 밤의 것인지"
도 모를, 온기인지 한기인지도 모를 온도 속에서 눈을 깜
빡인다. 서로가 서로에게서 미끄러지는 듯한 이토록 서늘
한 감정을 어떻게 설명할 수 있을까. 이 무력감에서 모든
것이 시작된다. 아버지가 아직 아버지가 아니고 어머니도
아직 어머니가 아니던, 그저 서로의 남편과 아내이던 어떤
밤의 고요하고도 서늘한 풍경을 떠올리며 '나'는 "마음에
피가 돌기 시작"하는 것을 느낀다. 미래의 시간이든 과거
의 시간이든, 자신이 부재한 풍경으로부터 "生前의 감정"
을 추출하는 것으로 유희경의 "이야기는 그렇게 시작되었

다"할 수 있다. "내가 없는 시간"(「속으로 내리는」) 속의 감정, 그럼에도 불구하고 "그게 전부 나였다"라는 말로밖에 달리 형용될 수 없는 감정으로부터, 그는 가까스로 한 단어 한 단어 길어 올리고 있는 것이다. 시작되지 않은 과거와 끝나지 않은 미래라는 황야의 시간을 떠돌며 그가 매일 아침 생각해보는 한 단어, 그것은 어쩌면 '시'일지도 모른다.

　앞에서 우리는 『오늘 아침 단어』로부터 '불행한 서정'의 행복한 귀환을 목도하게 될 것이라 말했다. 소년의 눈물과 청년의 사랑에서 배어나오는 슬픔, 고독, 자책, 안타까움, 벅참, 절망 등의 감정에 쉽게 공감하게 되리라 예상했고, 더불어 시 읽기의 다른 보람마저 느낄 수 있게 되리라 믿었다. 그런데, 이렇게 먼 길을 돌아와 다시 생각해보니 우리에게 남은 것은 오직 "서툰 감정"(「나는 당신보다 아름답다」)뿐인 듯하다. 아직 시작되지 않은 탄생과 아직 완료되지 않은 죽음을 넘나들며 "生前의 감정"을 펼쳐 보이는 그의 시를 읽으며 우리는 '최초의 감정'이라는 말로밖에는 달리 설명할 길이 없는 무수한 정념들과 마주한 것이다. 결국 『오늘 아침 단어』는 우리를 공감의 달인이 아닌 서툰 초심자로 만들어버렸다. 하지만 바로 그런 이유로 유희경의 첫 시집은 우리에게 시 읽기의 보람을 알려주는 벅찬 시집이 되는 것이다. ▨